故鄕의 봄

이동철 수필집

차 례

Ⅰ. 洗 草

Ⅱ. 故鄕의 봄

Ⅲ. 스승의 追憶

Ⅳ. 論理의 彼岸

I. 洗草

早鐘

새벽 종(鐘)은 자고(自古)로 구원(救援)과 여명(黎明)의 대명사로서 많은 일화(逸話)를 남기고 있다. 암흑으로부터의 해방을 "새벽 종이 울린다."고 표현하는가 하면, 보은(報恩)을 위해 까마아득한 높이의 종을 세 번 울리고 죽은 까치 이야기는 구원의 테마로 전해지고 있다.

지금 내가 듣고 있는 종소리는 부석사(浮石寺)의 새벽 예불(禮佛)을 위한 종소리이다. 비교적 늦게 자고 늦게 일어나던 생활 습관이 이곳에 온 후부터는 많이 개선(改善)되어, 이제는 일찍 자고 일찍 일어나는 습성으로 되어 가고 있다.

다섯 시쯤 되어 잠이 깨면 그때마다 신통히도 들려오는 것은 저 희미한 조종(早鐘) 소리이다.

밖에는 지금 거센 바람이 스치고 지나간다. 아직은 '추분(秋分)'이라서 '한로(寒露)'는 여드레 남았고, '상강(霜降)'은 삼주(三週)나 남아 있으나, 구월의 바람치고는 너무 거세다. 아마 태풍의 영향인지 모르겠다.

귀또리가 밤새껏 운 모양이다. 저놈들은 무슨 생태가 낮에는 잠잠하더니 밤일수록 목청을 돋구는가? 저놈도 무슨 유한(遺恨)이 있는 것인가? 옛말대로 청상과부(靑孀寡婦)의 넋인지도 모를 일이다.

종이 울리면 부스럭거리면서 일어나 앉는다. 그리고는, 더듬거리면서 촛불을 밝힌다.

오늘 새벽은 어느 스님이 타종(打鐘)을 하나? 노승(老僧)일까, 아니면 한낮에 보았던 그 세속의 티가 나는 중년의 승려일까? 아니면, 낮에 땔나무를 하던 그 부목승(負木僧)일까?

어쨌든, 이 종 소리는 새벽 예불의 신호이다. 이승의 온갖 업보(業報)에서 해탈(解脫)하기 위하여, 중생(衆生)과 번고(煩苦)와 나락(奈落)과 같은 상황 속에서 탈출하기 위해서 인간들이 마련한 구도(求道)의 방편일 수도 있다.

이승은 그저 사는 대로 살면 그만이다. 다만, 피안(彼岸)의 승화(昇華)만을 위해서 고뇌(苦惱)하는 것이 수도승(修道僧)의 본분이라고 한다. 따라서 이 종성(鐘聲)은 내가 어둠을 내몰기 위하여 촛불을 밝히듯이, 세간(世間)의 미혹(迷惑)에서 벗어나려는 스님들의 간망(懇望)의 적(的)이 되어 있는 지도 모르겠다.

저들은 내세(來世)의 영광을 위해 이 시간에 법당(法堂)에 불을 밝힐 것이지만, 나는 이승의 생활을 위해 조그마한 초가에서 촛불을 켜놓고 있다. 저들은 법당에 연유(緣由)하나, 나는 처세도(處世道)에 구애(拘碍)되고 있다.

속세(俗世)와 법문(法門)의 차이가 이와 같다.

문득 종소리가 멎었다.

저 스님들도 예불이 끝나자 세속의 다반사(茶飯事)를 화제(話題)로 올리고 있는 것이나 아닐까?

이 종 소리를 들을 때마다 질료(質料)와 형상(形相), Idea와 Matter의 시각(視角)을 설정(設定)해 본다. 어느 것이 진리로 통하는 Lethe의 이쪽과 저쪽인지 아직 나는 알지 못한다.

다만, 나는 구도(求道)의 길이 저러하거니— 하는 어림셈을 하면서 현실의 의미를 반추(反芻)해 본다.

(1965. 9)

목소리

서양(西洋) 이언(俚言)에 이런 말이 있다. “눈동자는 정력을 나타내고 이마는 생활 정도를, 그리고 목소리는 교양을 말해 준다.”.

이론적인 근거야 별로 없는 것 같지만, 이 말에 스며있는 일리(一理)는 인정해야만 될 것 같다. 우리는 우리 주변의 많은 사람들에게 이러한 평척(評尺)을 적용해서 무방한 경우를 때때로 보고 있기 때문이다.

동양(東洋) 고훈(古訓)에는 “신언서판(身言書判)”이라고 하였다. 한국의 어느 문필가(文筆家)는 “용모, 직업, 인품, 심지어는 연령까지도 목소리로써 짐작할 수 있다.”했는데, 이는 좀 비약적(飛躍的)인 논조(論調)이기는 하나, 충분히 수긍이 가는 이야기이다. 인격의 정황을 저울질함에 있어서 목소리의 비중이 크게 작용하고 있음은 시(時)의 고금(古今)이나 양(洋)의 동서(東西)에 이의(異義)가 없는 모양인가.

‘목소리’라고 하면 우리는 얼핏 상냥하고 나긋나긋한 여성의 그것을 연상하게 된다. 충혈된 시선을 한 채 내뱉듯이 늘어 놓는 끈

적끈적한 이야기, 감츠레한 눈으로 호들갑스럽게 계속되는 낡은 필름 같은 이즈러진 목소리들은 그저 맹랑(孟浪)한 물리적 현상일 뿐이다.

나는 가끔 인류사상(人類史上)에 명멸(明滅)한 거성(巨星)들의 목소리를 나대로 상정(想定)해 보는 습성(習性)이 있다.

퇴계선생(退溪先生), 원효대사(元曉大師), 춘원(春園), 백범(白凡), 진이(眞伊), 매창(梅窓)…… 도스토예프스키, 칸트, 괴테, 모차르트, 베를렌느, 프랑시스 잠, 유리시즈, 마리앙투와네트……. 이네들의 음성들이 Chorus가 되어 면면(綿綿)히 울려 퍼지는 '역사라는 대음악제(大音樂祭)'를 연상해 보면서 가끔 한 번 씩— 웃어 보는 것이다.

확실히 눈물겨운 교향곡이다. 그러나 영원히 낙루(落淚)하지 않을 의연(毅然)한 화음(和音)일 것이다.

이따금 잠 못 이루는 밤에 부스럭거리며 일어나 앉아 나는 내 주위의 '빈자리'를 물끄러미 돌아다 본다. 소용돌이치는 세월의 여울목에 밀어 놓고 간 나직하고 따사로운 목소리들의 임자들을, 그리고 어느 시간엔가의 나의 목소리를 반추(反芻)해 본다. "滄浪之水淸兮可以濯吾纓 滄浪之水濁兮可以濯吾足"을 염불(念佛)처럼 중얼거리는 나지막하고 끈끈한 나의 목소리. 때때로 물끼를 머금고 카랑카랑하게 발음되다가는 곧장 혼잣말로 변해 버리는 내 음성을 생각해 보는 시간은 쓸쓸하고 아름다운 시간이 된다.

그것은 우렁찬 생(生)의 찬가(讚歌)도 아니고, 못다한 푸념에 지친 앙상한 주문(呪文)도 아니다. 엘리엇은 "I have measured out my life with my Coffee-spoon."이라고 하였다지만, 나는 내 목소리로써 내 인생을 재어 보고 싶은 생각은 없다. '인생'이니 '행복'이니 하는 자못 숙연하면서도 흥분을 자아내는 명제(命題)들을 음미(?)하기를 거부한다. 그것들은 어떤 명명(命名)이나 해제(解題)로 이해되거나 터득될 것 같지 않기 때문이다.

"나에게 묻지 말고 너의 Logos에 귀를 기울이는 게 좋다." 이것은 헤라클레이토스의 말이다. 마르셀은 '참다운 아끼움의 정'을 " 나의 제일인칭과 너의 제일인칭의 만남"이라고 하였다. "지적(知的)으로 단정할 수 없는 궁극에 이르면 스스로 DAIMONION이라는 내심(內心)의 소리를 듣는다."고 소크라테스는 초연(超然)하게 술회(述懷)했다지만, "순수한 Idea를 사모하면서 살아 간다고 해서 구태여 고뇌라는 감당하기 어려운 부과금(賦課金)을 지불해야만 하는 까닭이 무엇이겠느냐?"고 물어도 나의 DAIMONION은 대답이 없다.

그렇다고 신앙을 갖지 못한 사람으로서 절대자의 은총이나 나 자신의 해탈(解脫)을 기대한다는 것은 아무래도 외람(猥濫)된 일일 것이다. 도대체 어려운 세상이다.

목소리에도 무늬가 있다고 한다.

일상적인 목소리는 귀만 막으면 들리지 않겠지만, 또 다른 목소리는 아무리 팔을 내저어도 내 눈앞에 망울져 옴을 어쩌랴! 목소리를 가다듬고 한 번쯤 생명의 노래를 발음해 본다해서 그게 뭐 흉허물이야 될 수 없지 않을까?

하기사 '미움'과 '시세움'의 내용도 모르는 터수에 '행운(幸運)'과 '희원(希願)'의 의미를 생각해 보겠다고 희떱게 꾸물거리는 내 자신이 한갓 허세를 부리고 있는 지도 모르지만—.

그런데, 가만히 생각해 보면 우스운 노릇이다.

인체(人體)의 한 지엽(枝葉)에 불과한 성대(聲帶)의 진동 현상을 가지고 용모 · 지식 · 환경을 추측하고, 더구나 인품까지를 재려고 하니, 이 무슨 침소봉대식(針小棒大式)의 허망(虛妄)한 노릇인가!

하기사 "바위 틈에 핀 한송이 꽃의 의미를 안다면 신과 인생이 무엇인가도 알 것만 같다."고 존 · 브레이크는 읊었지만.

(1968. 12)

人情이라는 江물

하기사 모든 정념이 다 그렇겠지만, 인정이라는 것도 느끼기보다는 정의를 내리는 일이 더 어려운 노릇이다. 그것이 잉태되는 풍토와 생장하는 기후가 제각기 같지 않기 때문이다.

색깔도 냄새도 없는 상태를 일컬을 때 우리는 흔히 '순수'라는 용어를 빌리고 있다.

이제 나의 이야기는, 설사 그것에다 뚜렷한 함수 관계를 설정할 수는 없다고 하더라도, 산문적인 인정과 운문적인 인정이라는 분류가 가능하다면, 주로 후자의 주변에서 전개될 것 같다.

"인정이란 화롯불과 같아서 너무 가깝게 하면 데우기 쉽고 너무 멀면 추위를 느낀다."고 일러 준 이가 있다. 이것은 주로 이성(異性)들간의 인정, 특히 서정시적인 애정의 속성을 은유적으로 표현했다고 할 수 있다.

하룻밤 나그네들도 '여인숙' 발코니를 나설 때는 한 마디 인사쯤 남기는 법인데, 느긋함을 느낄 만큼 무릎을 맞대고 흉허물 없이 대화의 입김을 풍겨대던 사람들이 극히 세속적인 신기루 때문에 그네들의 '화롯불' 곁을 떠나게 된다면, 누군가는 문득 '가슴의 추위'를 느끼게 될 것이다.

"오뉴월 화롯불도 쬐다 말면 섭섭하다"는데…….

"볕이거나 그늘이거나 병든 수캐마냥 헐떡거리며"(서정주 : '자화상') 살아 버린 어느 눈 내리는 밤에는, 사람들은 백발이 성성한 몸을 창에 기대인 채, 회포라는 성가신 여권 한 장을 또 넘기게 된다고 하였다.

나는 아직 '필리아'와 '아가페'의 한계를 모르는 터이지만, 이렇게 본다면 '인정이라는 강물'은 너무 흠뻑 발을 잠글 것도 못되고, 지나치게 오랜 항해를 계속할 필요도 없는 것인지 모르겠다. 거센 파도가 일면 나지막한 목소리쯤이야 아랑곳조차 없을 것이기 때문이다.

> "선비는 자기를 아껴 주는 사람을 위해서 목숨까지 바치지만, 아낙들은 다만 지아비를 위하여 화장을 한다."(士爲知己者死女爲悅己者容).

요새는 왠일로 양주동 선생님께서 당신이 울적하실 때면 가끔 들려 주시던 강개로운 이 글귀가 자꾸만 생각나는 것일까?

'능숙(能熟)의 벌판'에서 '현숙(賢淑)의 꽃망울'을 희구해 온 나의 윤리관은 너무나 목가적 편견인지도 모르겠지만, 아무러나 노스승님의 이러한 고전적(?)인 인생관에 회의를 제기하고 싶은 생각은 추호도 없다.

어느 먼 훗날, 설사 그 누구처럼 "나를 키운 건 8할이 바람이었다."는 술회를 하게 될지라도, 검은 테 안경을 낄 정도의 비위가 내게는 없을 것 같기에 말이다.

신통한 연출을 맡을 재간이 별로 없으면서도 사람들은 일찍이 두보가 탄식했듯이 "의리 저바리기를 흙 버리듯"함을 본다. 무엇보다도 메시꺼운 것은 인정의 강물에다 취미 삼아 황토흙을 뿌려넣는 습성의 소유자들이 아닐까.

나는 내 마음의 강변에 찬란한 '로렐라이'의 전설이나 서글픈 '카리브디스'의 신화를 원하지 않는다. 북해의 빙산처럼 그 밑에 따스한 정과 때로는 눈물조차 담뿍 고일 수 있으면서도 싸늘한 침묵을 지키고 조용히 흘러가고 싶을 뿐이다.

맨발로 섬돌 밑으로 내려서고 싶도록 잠 못 이루는 밤이 오면, 나는 또 느닷없이 담배를 피워 물고 회상의 성곽 주변을 서성거리게 될지도 모른다. 아마 그런 시간에도 내딴은 모질게 살아온 지난 날들을 물끄러미 되돌아보면서 또 이렇게 중얼거리게 될 것만 같다. "결국, 나를 구원할 수 있는 것은 나 자신일 뿐이다." (파스칼)

(1969. 6)

촛 불

눈발이라도 제법 푸듯푸듯 날리는 어스름녘에 세종로 한모퉁이를 서성대노라면, 네온싸인의 정밀(靜謐)이 가끔 걸음을 멈추게 하는 때가 있다. 이럴 때면 영락없이 촛불의 영상이 떠오르게 된다.

호사가(好事家)가 아니더라도, 프로메테우스에서 판도라를 잇는 일련의 불의 신화쯤 연상해 보는 것은 뭐 그리 객쩍은 노릇은 아닌 것 같다. 코카서스 산정의 감내키 어려운 인고를 딛고 마침내는 인간의 편에 섰던 프로메테우스의 최후의 선물인 희망의 상자에서 구라파인들의 어떤 여유를 느끼게 되는 것은 자못 유쾌한 일에 속한다.

몇 해 전, 아프리카에 가 있던 한 친지로부터 몇 장의 그곳 풍물 사진들을 받은 일이 있다. 그중에서 아직것 마음을 찐—하게 하고 있는 것은, 광분하는 토인들의 원무(圓舞)의 배경이 된 조용히 불타고 있는 노을 풍경이었다.

"인간은 신과 금수의 중간적 존재"라고 한 아리스토틀의 그 '신성'이 생각날 때마다 나는 그 노을 풍경을 들여다 보고, 아마도 이러한 자연경이 보다 프로메테우스적인 따스함을 지니고 있는 것이 아닌가? 하는 소박론의 입장을 아직도 버리지 못하고 있다.

참으로 지혜로운 것, 모든 위대한 것들은 어딘가는 좀 서투른 표정을 짓고 있는 것이 아닐까?

현오(玄奧)한 사색에 골몰하는 이가, 아스라한 무위(無爲)의 세계를 탐조하기에 여념이 없는 이가 세련된 곡예를 펼쳤다는 이야기를 나는 한번도 얻어 들은 적이 없다.

"이처럼 협소한 방에서 어떻게 견디십니까?"

"오래 습관이 되어 오히려 편하오."

사방 3미터나 될까 하는 '완락제(玩樂齋)'의 좁디 좁은 방에서 우주와 인생을 깊이 관조하던 이퇴계의 너무나도 검소한 생활에 놀란 영천(경북)군수 허시(許時)의 물음에 답한 퇴계 선생의 대답이다. 그러면서도 자정이 넘도록 밤마다 촛불을 밝혀 놓고 유현한 경지를 탐조(探照)했다는 이 일화가 생각할 때마다 나는 가끔 흥분에 잠기곤 한다.

촛불은 정녕 도회의 소유물이기에는 너무나 어색하다. 그것은, 문화가 문명에 포섭되어 가는 현실의 무대에서는 거의 조명 효과를 낼 수 없는 존재인지도 모르겠다.

한국 정신사의 저류에는 늘쌍 정중동(靜中動)의 멋이 흘러 왔다고들 한다. 영국의 잰틀맨, 이태리의 조신, 불란서의 빠리장에 대해서는 기염을 토하는 한국의 많은 젊은이들이 우리를 두둔하는 일에는 왜들 그렇게 인색해져 버렸을까? 식민사관이니 방청성이니를 하지만, 오히려 일본인 야냐기 무네요시(柳宗悅)가 일찍이 우리의 그것을 긍정해 놓은 마당에 있어서 그네들의 경박함이 무엇이란 말인가?

> 한국인은 돈보다도 정치보다도, 한가닥의 인정에 보다 많은 아쉬움을 느끼고 있다. 한국의 예술은 인정에 넘쳐 있다고 생각된다. 한국 사람들이 예술적 감성에 뛰어나고 있다는 것을 역사에 의하여 알 수 있다.

그런데, 촛불의 멋은 좀 더 승화된 상황에서 논의되어야 될 것 같다. 한 인간이 그의 모든 땀과 피와 눈물—요컨대, 그의 인생 전부를 털어 놓을 때는 으레히 촛불 앞에서 경건히 손을 비벼댐을 본다. 충무공에서 제갈량에 이르기까지, 성세에서 추도에 이르기까지, 원단(元旦)에서 제야에 이르기까지의 이 모든 행사(?)에서 촛불은 항상 점지의 존재로 등장되고 있으니 말이다.

겉불꽃보다는 속불꽃이, 속불꽃보다는 가운데 불꽃이 더 맹열하다는 촛불. 거센 돌풍에는 약간 일렁대는가 싶더니, 바람이 멋기가 무섭게 문득 꺼져버리는 그 촛불은 진퇴를 분명히 했던 우리의 선인들의 표상을 대하는 듯하지 아니한가?

'대설'의 자정이 차다.

성에가 뽀야니 서린 창밖을 물끄러미 바라보고 있노라면 나는 촛불을 밝히고 싶은 충동을 받는다. 세상살이의 분별을 찾는다는 얄팍한 구실이 어느덧 생활의 촛불마저 흐리게 하지 않았던가.

타고 남은 재가 다시 기름이 됩니다. 그칠 줄을 모르고 타는 나의 가슴은 누구의 밤을 지키는 약한 등불입니까?

— 한용운 : '알 수 없어요'에서

(1971. 1)

나를 쓸쓸하게 하는 일들

— 안톤 슈낙에 부쳐

'흐뭇함'의 상대어가 정확히 무엇인지는 모르겠으나, 대개 '쓸쓸함'에 가까운 상황이 아닐까 한다. 이런 명제는 자못 서정적인 인사(人士)들에게나 여간한 절실감을 부각시켜 주는 것이지, 나처럼 범연(凡然)한 사람에게는 그 느낌이 너무나 흐릿하다.

가슴 저미는 비통의 순간이나 쾌재를 부르짖는 작약(雀躍)의 시간도 아울러 체험하지 못한 사람으로서는 아예 생각할 바 아닌지도 모르겠다.

하지만, 사념(思念)의 찰라 찰라에 어떤 정감(情感)의 성곽 뒤안길에서 서성거리는 자신을 발견하게 되는 것은, 역시 인간이란 집념의 영역에 머물 수밖에 없는 존재라는 증좌일까.

출퇴근 시간, 만원 버스에서 간신히 자리를 찾아 앉아 함부로 밟혀진 구두를 들여다 볼 때 나는 가끔 허전해진다. 자정(子正) 가까운 밤, 모두 거슴츠레한 시선으로 졸고 있는 마지막 차에서 혼자만

댕그렁이 서 있게 될 때, 소외감 비슷한 호젓함을 맛보기도 한다.

그러나, 무어니 무어니 해도 차 속에서의 고독은 빽빽이 밀린 차량의 대열을 헤치면서 야단스럽게 질주하는 번호판 없는 짧다막한 차를 볼 때의 그것일 것 같다.

한 이천 권쯤 책이 꽂힌 서재에서 깃동 월간지의 언저리나 뒤적일 때, 십여 명 모인 친구들이 모두들 '노만 메일러'류의 이야기로 열을 올리는데 <나자(裸者)와 사자(死者)>의 첫 페이지도 못 읽은 낙후감이 문득 나를 교란시킨다. 상업을 하는 친구의 허술한 서재에서 국학(國學)의 희귀본이 눈에 띄었을 때, 몇 번이나 교정을 본 논문에 그래도 오자(誤字)가 듬성 드뭇이 발견될 때, 역시 적료한 회의(懷疑)를 감추기가 어렵다.

팔만원짜리 일년 월부 책값을 마지막 치루던 날, 대중없이 그어 놓은 외상 술 값의 계산서가 없어졌노라고 애처로운 표정을 짓던 목노집 노파의 시선과 마주치던 날, 심한 몸살로 결근을 한 이튿날 출근부 위에 '결(缺)'자가 찍혀 있음을 발견하던 날, 나는 왠지 울화가 치밀었다.

그러나, 쓸쓸함이란 다붓 이런 정적(靜的)인 양상으로만 나타나는 것은 아니다.

폭양이 내려 쬐는 한낮쯤 '三·一빌딩' 곁으로 지나칠 때, 십구층 창가에서 지나는 슈사인 보이를 내려다 보았을 때, 으리으리한 도서관에서 고작 '미끼 기요시'류의 무분별한 책자들이 비스듬히 꽂힌 것을 보았을 때, 역시 현기증을 일으키게 된다.

"勿驚五十万動員也!"의 어느 통속 영화의 제3회 상연이 끝나고 그 많은 인파가 밀려 가는 거리에서 혼자 주춤거릴 때, 95:93으로 리드하던 농구 경기가 종료 휘슬과 함께 그만 95:95로 타이를 이루는 순간, 새까맣게 적어 두었던 방명록을 잃어 버렸을 때는 또한 허탈감에 빠지게 된다.

다소간 언짢으면 씩— 웃는 습성이 있다. 웬만큼 못마땅하면 지긋이 눈을 감는 버릇이 있다. 하지만, 기찬 번뇌에 부닥치는 시간에는 물끄럼이 허공을 응시한다.

"하숙비가 모자라겠지?" 그토록 자상하시던 Y교수님의 부음(訃音)에 접했을 때, 용돈 한 번 제대로 못 줘 본 막내동생이 중태에 빠졌던 어느 여름 어스름에 담당 의사의 머리가 좌우로 너덧번 저어지던 때, 나는 풀썩 '페이브먼트' 위에 주저앉아 일어날 수가 없었다.

"울음은 구극(究極)의 언어"라고 시인 지훈(芝薰)은 읊고 갔지만, 침묵이야말로 구경(究竟)의 언어가 아니겠는가. 어쩔 수 없는 무언(無言), 통곡보다 더 진한 침묵으로 하여 우리는 주름살을 늘여 가고 있는 것이나 아닐까.

쇼펜하우엘을 "인간은 비극적인 종말을 가진 희극적인 동물"이라고 말했지만, 그의 이 말은 희극마저도 비극으로 내연(內延)된다는 인간 운명의 하이라이키를 지적한 것이 아닐까.

함박눈이 펑펑 내리는 동짓달 어느 깊은 밤, 효자동 어귀에서 벌써 일곱 병째 비워 버린 맥주 맛이 소낙비가 억수로 쏟아지는 한여름 낮, 청진동 뒷골목에서 다섯 주발째 마셔 버린 막걸리의 냄새보다 더 씁쓸했던 것은 왠일일까.

도스토옙스끼의 주인공이 춘원(春園)의 주인공들보다 더 친근감을 느끼는 것은 또 무엇인가? 이러한 시간들은 차라리 내게는 비애(悲哀)의 시간들이기까지 한다.

광화문 지하도에서 만났던 담뱃대가 유난히 긴 할아버지, 갹출(醵出)을 '거출'로 거침없이 발음하던 어느 문학박사, 아슬아슬할 정도로 짙은 화장을 한 사십대 여인, 동물원 철장 속의 사자…….
이런 모습들은 모두 나를 울적하게 만든다.

삼도천(三途川)을 건널 때면 이승의 온갖 업보에서 벗어날 수 있다는 불타의 말씀, "눈물과 미소 사이를 산책하는 것이 인생"이라고 한 빠이런의 싯귀는 어쩌면 비원(悲願)에 가까운 고음(苦吟)일지도 모르리라.

퇴계(退溪)의 고고(孤高)도, 칸트의 청징(淸澄)도, 괴테의 응시(凝視)도 나는 아는 바 없다. 쓸쓸하든 흐뭇하든, 그런 일상적인 췌사(贅事)들은 차라리 송구봉(宋龜峰)의 "不足之足每月餘 足而不足常不足"같은 심정으로 여과해 버려야지.

결국 나의 이러한 쇄설(鎖屑)은 현실과 이상과의 함수 관계를 도출해 내지 못한 푸념이라고나 할까.

(1972. 7)

가을 달

자연은 친소(親疎)를 두지 않겠지만, 이를 바라보는 인사(人事)에는 곡절(曲折)이 많다. 천체(天體) 중에서도 특히 일월(日月)이 많이 거론되고 있는 것은 그만큼 인사(人事)와 밀접한 관계를 갖고 있기 때문이다.

무생물을 두고 성(性)을 따진다는 것은 좀 상외(想外)의 일 같으나, 문법상에서 성(性)에 대한 개념이 결여되어 있는 우리 말에서는 대체로 태양을 남성, 달을 여성으로 다루고 있는 것 같다. 이와는 달리 구미어(歐美語)에서는 이동(異同)이 있어서, 실용주의 철학을 축으로 하는 영미(英美)에서는 해를 남성, 달을 여성으로 분류함에 비해, 관념주의 철학이 승(勝)한 독일인들이 달을 남성으로 취급하고 있는 것은 사뭇 대조적이라고 하겠다.

같은 달이라도 외형에 따라 각양 각색의 명칭이 있다. 만월(滿月), 초순(初旬)달이 있는가 하면, 상현(上弦)달, 하현(下弦)달이 있다. 태양은 시서(時序)에 의한 변모가 없어서인지 동양의 문학이나 예술에서는 소재로 채택되는 경우가 드문데 비하여, 달은 그 빈도에 있어서 사뭇 앞선다고 할 수 있고, 특히 초승달의 선호도(選好度)가 뚜렷한 것 같다. 그리스 신화에 보면 '태양의 신'인 Apollo는 천하를 횡행(橫行)하고 있으나, '달의 신'은 명자(名字)도 물을 길이 없다.

그러나, 정열의 시인 빠이런이나 의지의 화가 반·고호에게서 태양을 소재로 한 한 편의 시(詩)나 한 폭의 그림을 발견할 수 없음은 무슨 까닭인가? (물론 고호의 경우, 해바라기를 소재로 한 명화(名畵)가 있지만, 이것은 직접적으로 태양을 형상화(形象化)했다고 보기는 어려운 일이다.)

달을 두고 화두(話頭)를 삼을 때 우리는 흔히 이태백(李太白)을 화제에 올린다. 그의 시(詩)에 나타난 달은 무상이나 향수, 연군(戀君)의 감정이입(感情移入)으로 표현되어 있음을 볼 수 있다. 이 점은 두보(杜甫)의 경우도 대동소이(大同小異)하다고 할 수 있다. 만당(晩唐)의 시인(詩人) 상건(常建)에게 있어서도 예외는 아니었다.

今人不見古時月　지금 사람들은 옛날의 달을 볼 수 없고
今月曾經照古人　지금의 달은 옛 사람들을 다 비추었으리.

—이백(李白) : '파주향월(把酒向月)'에서

이상(理想)과 낙천(樂天)을 주조(主調)로 하고 있다는 이백(李白)의 시(詩)에서도 달을 읊은 이 시는 대뜸 처연한 무상의 정서를 제공하고 있다. 두보가 '月夜憶舍弟'에서 표현한 시정(詩情)도 마찬가지였다. 우리의 시인 소월(素月)은 애상(哀傷)이 극치에 달해있다. 그는 "이제금 저 달이 서름인 줄을 예전엔 미처 몰랐어요."하고 맺힌 한을 토로하고 있다.

이런 관점에서 본다면 고산(孤山)이 오히려 관조의 경지에까지 이르렀다고 할 수 있을 듯하다.

작은 것이 높이 떠서 세상을 다 비취니
밤중의 광명이 너만한 이 또 있는가
보고도 말 아니 하니 내 벗인가 하노라

고산(孤山)의 달은 은자(隱者)의 반려(伴侶)로서 우리에게 아무런 부담을 주지 않고, 비교적 자연의 모습 그대로를 보유(保有)하고 있는 것이다.

어쨌든, 우리는 달을 이야기하고, 그것도 주로 가을 달을 말해 왔다. 아마 이런 일은 우주 과학의 발달과 관계없이 앞으로도 오랫동안 지속될 것으로 보인다.

(1977. 8)

따뜻한 江

미국(美國) 남부 출신의 작가 Erskine Caldwell이 쓴 <Warm River>란 작품이 있다. 十四, 五년(年) 전에 읽었던 작품이고, 또 그렇게 두드러진 명작이 아니어서 주인공의 이름이나 story, 심지어 주제까지도 잊어버렸지만, 그 서정적인 분위기만은 아직도 어렴풋이나마 기억 속에 남아 있다. “가장 울적한 시간에는 따뜻한 강의 노래를 듣는다.”고 어느 글에선가 쓴 적이 있는데, 그 ‘따뜻한 江’은 바로 이 소설의 인상이 나에게 전이(轉移)된 것으로 생각된다.

염제(炎帝)가 할 수 없이 무릎을 끊고 떠난다는 ‘말복(末伏)’날에 느닷없이 ‘따뜻한 강’을 생각하게 된 것은 무슨 연유인가?

허탈의 가을을 상정(想定)한 탓일까?

二十五 연래(年來)의 폭서(暴暑)와 가뭄도 서서히 길채비를 서두르는 가을의 문턱에서 지금 나는 그나마의 이성이라도 없었더라면 완전히 휘청거릴 정도로 허탈에 빠져 있다.

인생을 사노라면 세 번의 기회가 온다는 얘기는 자주 들었지만, 잔인할 정도의 시련이 한꺼번에 포개져서 내습(來襲)한다는 것은 아무래도 정상이 아니다. 그 동안 몇 번 어두운 수렁을 넘어 왔지만, 또 이 Lucky-seven의 해에 느닷없이 또 하나의 고통에 직면하여 지긋이 눈을 감아 본다.

감수성 많은 학창 시절에 소월(素月)이나 도향(稻香)과 같은 문인들의 감상적 작품을 즐겨 읽은 탓만은 아닐 텐데, 나이에 걸맞지 않게 가끔 찔끔— 하는 버릇이 있다. "君子坦蕩蕩 小人長戚戚" 공자(孔子)의 말이다. 그렇다면 도대체 언제쯤 가서 소인(小人)의 영역에서 탈피할 수 있을 것인지, 그저 아득한 일이다.

동경(憧憬)을 아는 사람만이
나의 고뇌(苦惱)를 알아 준다.

고 괴테는 낭만적 희원을 말한 바 있으나, 나는 지금 아름답고 서러운 '따뜻한 강'의 세월을 갈구하고 있는 것이다.

조용한 산사(山寺)에서 제비꽃을 바라보면서 Hermann Hesse에 심취했던 시절, 법당(法堂)에 촛불을 밝혀 놓고 송구봉(宋龜峰)의 시구(詩句)에 볓 번이고 고개를 끄덕이던 그 때가 언제쯤이었던가? "不足之足每月餘 足而不足常不足"의 그 싯귀를.

'따뜻한 강'의 추억은 하나 둘 자리를 떠 버렸다. 두고 온 '청춘의 싸리밭'에는 지금쯤 물기 낀 엉겅퀴 몇 그루가 피어 있을까?

아니면, 그저 갈숲만 엉성하게 짙푸르러 버렸을까?

최선을 다하지 못한 사람의 비애, 차선마저 강구(講究)하지 못했던 회한(悔恨)이 가슴을 저민다. 누구를 낭패(狼狽)시켜 본 일도 없는 사람에게 Moira는 무슨 책임을 묻고 있는 것일까?

오늘 밤은 묵은 서책(書冊) 뭉치를 뒤적여서라도 그 <Warm River>를 다시 한 번 조용히 읽어 보아야 할지 모른다.

(1977. 8)

病魔와 싸우며

잘 가게 이 친구
생각 내키거든 언제든지 찾아 주게나
다(茶)를 끓여 마시며 우리 인생을 얘기해 보세그려

—조지훈 : '병(病)에게'에서

지훈(芝薰)은 얼마만큼이나 병마와 싸웠기에 이런 달관의 경지에까지 이르게 되었을까?

그러나, 가만히 생각해 보면, 이 시(詩) 속에는 병을 대하는 느긋한 태도의 뒤켠에 한가닥 고뇌와 상념이 스며 있음을 감지할 수 있다. 그것은 일종의 애상이라고 할 만하다.

지금까지는 건강에는 자신이 있다고 믿으면서 살아 왔다. 고작 감기, 몸살 정도로 약간씩 시달린 적은 있어도, 병원의 침대 신세를 진 적은 아직 한번도 없었던 것이다. 십여년 전 막내 동생을 잃고 하루도 빼놓지 않고 거의 두어 달 동안이나 연거푸 통음(痛飮)을 하고도 목구멍 한번도 칼칼하지 않았던 것을 기억한다.

그러던 것이 작년 초부터 갑자기 건강이 무너지기 시작했다. 위궤양을 일년여 앓고 나니, 이번에는 느닷없이 폐에 이상이 생겨서 또 일년여의 세월을 병고에 시달려야 했다. 그리고, 그 후유증은 아직도 떠나지 않고 있다.

급전직하(急轉直下)라더니, 하루 아침에 이토록 궁지에 몰릴 수도 있는 것인가?

그래도 절대로 자리에 누워서는 안 되겠다는 생각으로 딴은 이를 악물고 두어 해 버티는 통에 체중이 자그만치 15Kg이나 감소되어 버렸다.

청천(聽川)은 그의 어느 수필에서 병석에 누워 있을 때의 야릇한 쾌감을 말하고 있으나, 이것은 필시 하나의 소박한 농담이거나, 아니면 지훈류(芝薰流)의 sentimental임에 틀림이 없다. 김유정(金裕貞)이 가난과 병고에 시달리면서 그의 친우들에게 도움을 애소(哀訴)한 글들이나, 베를렌느가 갖은 병고를 참다 못해 그의 지우(知友)인 코페에게 보낸 진솔한 넋두리를 읽어 보면, 병마와 싸우는 일이 얼마나 고통스럽고 지루한 여정(旅程)인가를 절감할 수 있는 것이다.

이렇게 보면 시인(詩人)·묵객(墨客)들이야 무슨 얘기를 했든, 병이란 존재는 하릴없이 불청객의 신세를 면하지 못할 것이다.

사람이 일생을 살아 가노라면 완전한 무병으로 생을 영위하기란 불가능한 일이겠지만, 한꺼번에 두어 가지나 되는 병마와 상대해야 한다는 것은 참으로 어처구니 없는 일임에 틀림없다.

남들에게 적선(積善)을 한 일은 별로 없지만, 그렇다고 누구를 해치겠다고 마음 먹어 본 일도 없는 것 같은데, 조물주는 지나친 시련을 내리고 있는 것 같다. 언제쯤 가서 이 고통에서 벗어날 수 있을 것인지 그저 울적하기만 하다.

적적한 밤, 자정(子正)은 되었나분데, 혼자 깨어 이리 뒤척 저리 뒤척하다가 보면 문득 검은 그림자가 창(窓) 밖 어느 곳으로 스쳐 가는 듯한 착각에 빠지곤 한다. 그는 잠시 머뭇거리다가 길을 잘못 들었다는 듯이 겸연쩍은 표정으로 슬쩍 지나가 버리는 것 같다.

이럴 때면 불을 밝혀 놓고 한참씩이나 창 밖을 물끄러미 내다보게 되는 버릇이 있다.

고작 七十 생애에 건강이 유지되어야 그래도 한치의 벽돌이라도 쌓고 갈 수 있지 않겠는가?

"필요는 발명의 어머니"라는 격언이 있다. 딴은 <가정의학전서(家庭醫學全書)>니 뭐니 해서 잡다한 의학서들을 이것 저것 들추다 보니 위나 폐에 대한 '수박 겉 핥기'식의 지식이 붙은 것도 사실이다. "병을 오래 앓다 보면 반의사가 된다"는 말을 다시 실감케 한다. 정말 달갑지 않은 지식까지를 얻게 되었다고나 할까?

병마와의 대결에서 빨리 기선을 제압했으면 하는 심정(心情)이다. 아직 나에게는 지훈(芝薰)이나 청천(聽川)처럼 병과 더불어 인생을 유유히 논할 수 있는 관용도 원숙함도 없다. 그럴 연령도 아니고, 그러한 여유도 긴요하지 않다.

(1977. 10)

제 비

"제비가 작아도 강남(江南)을 간다."는 속담은 우리 민족에게는 왠지 상징적인 내용으로 받아 들여지고 있는 것 같다. '한글학회'에서, 펴낸 <우리말 큰 사전>을 펴보면 제비에 대하여 "철새의 한 가지. 봄이면 강남에서 와서 가을이면 되려 감. 연자(燕子) · 월조(越鳥) · 현조(玄鳥)라고도 함."이라고 기술되어 있다. 제비가 양자강(揚子江) 남쪽에서 날아 온다는 종래의 속설(俗說)을 두고 학계(學界)에 이론(異論)이 제기된 일이 있으나, 어쨌든 '월조(越鳥)'라는 명칭은 이를 근거로 삼은 것이겠고, '현조(玄鳥)'의 '현(玄)'은 '북현무(北玄武)'에서 볼 수 있듯이 '두(斗) · 우(牛) · 여(女) · 허(虛) · 위(危)'의 의(義)일 터인데, 왜 이렇게 명명(命名)되었는지 알 수 없는 일이다.

아마 '현즉여(玄卽女)'로 해(解)한 듯하다.

재잘거리기로 말하면 참새보다 제비가 한결 심하나 밉지 않고, 더구나 농작물의 해충들에 대한 천적(天敵)으로서의 역할 때문에 농민들로 하여금 '제비 Taboo'의 통습(通習)까지 낳게 하였다. 상이(上巳) 무렵 어느 어스름에 짐짓 수다를 떠는 제비들을 문득 발견할 때면 농민(農民)들은 '강남(江南)에서 오신 손님'이라 해서 깍듯한 반가움을 표시하기도 한다.

제비를 소재로 한 시문류(詩文類)를 든다는 것은 거의 무모(無謀)에 가까울지 모른다. 소월(素月)의 '가는 봄 삼월(三月)', 상화(相和)의 '빼앗긴 들에도 봄은 오는가'를 비롯해서 두보(杜甫)의 '燕子來舟中作', Goethe의 '삼월(三月)'이 있다. 우리나라에 '연작설화(燕雀說話)'가 있는가 하면 중국에 '전조설화(塡鳥說話)'가 있고, 또 인도(印度)에도 이와 혹사(酷似)한 설화가 존재함은 우연의 일치일까?

그런데, 왠일인지 문학에 투영(投影)된 제비는 애틋한 영상으로 그려져 있다.

> 제비도 가고,
> 장미(薔薇)도 숨고,
> 마음은 안으로 상장(喪章)을 차다.
>
> —'귀로(歸路)'서

깔끔하고 냉리(冷利)했다는 지용(芝溶) 같은 사람도 별연(別燕)의 허탈(虛脫)을 절감(切感)했었던가?

> 애증(愛憎)이 망(網)처럼 뒤엉킨 인생이라는 야영(野營)에서 마음 한켠에 상장(喪章)이 차여진다면 또 얼마나 안쓰러운 정황이 되겠는가? "울음은 구극(究極)의 언어"라고 지훈(芝薰)은 말했지만, 호곡(號哭) 저편의 언어는 무엇이겠는가? "운명적인 것은 감수(甘受)하고 현실을 긍정하면서 최선을 다하는 것이 '초인(超人)'이라고 한 Nietzsche의 말은 Crepe의 언저리를 맴도는 한갈피의 소슬(蕭瑟)바람쯤이나 될 것인지…….

'제비 같은 여성(女性)'. 나는 가끔 이런 생각을 해 본다.

다섯자 두치 닷분의 키에 짙은 Dianthus Sinensis 빛 코트를 입었다고 하자. 여린 화장을 하고 경쾌한 표정으로 도서관 층계를 총총히 오르는 여성. 이런 여성은 한평생 '미니욘'에서 쟌누'로 전락(轉落)되지는 않을 것이다.

카메라를 메고 베꼬니아의 언덕을 산책한다고 해도 좋고, 노을이 비끼는 고궁(古宮) 일우(一隅)에서 열심히 화필(畵筆)을 옮긴다고 하면 더욱 어울릴지 모른다. 이런 여성은 Hermann Hesse의 말마따나 "안개 낀 계곡의 길을 혼자서 조심스럽게 더듬어가는…" 인생의 역정(歷程)에서 구원(久遠)의 여성일 수 있을 것이다.

얼마 전에는 송충이를 구제(驅除)하려고 독약을 공중 살포(撒布)하는 바람에 수많은 제비들이 떼죽음을 당했다는 보도가 있었다.

또 언제인가, 제비 고기는 비린내를 많이 풍기므로 미늘 미끼로는 일품(逸品)이라고 떠들어 댄 왈(曰) 강태공(姜太公)도 있었다. 사이비(似而非) 조공(釣公)들이 그 연약한 제비의 날개 쭉지를 미끼로 삼아 낚아 올린 피라미떼도 가관(可觀)이겠지만, 물량(物量) 문화가 싣고 온 혼효(混淆)의 수렁을 보는 것만 같아서 옷이 어째 몸에 자꾸 캥기는 것만 같다.

Spengler는 "문명의 과도한 발달은 원초적인 것을 침식한다."는 의미의 견해를 피력한 바 있다. 인지(人智)의 계발(啓發)이 종국적(終局的)으로는 자연적인 순수성과 함수(函數) 관계에 있음을 시사(示唆)한 말이다.

새끼들을 올망졸망 앉혀 놓고 일푼도 어김없이 먹이를 균배(均

配)할 때나, 강파른 처마 밑에다 영락(零落)없이 둥지를 얽어 낼 때도 현대인들은 그저 "제비이니까……" 할 정도로 그 무감각이 서정(抒情)의 붕괴(崩壞) 직전(直前)에 와 있는지 모른다.

재치 있는 몸짓으로 망양(茫洋)을 가볍게 스쳐가는 제비의 가뿐한 Image를 우리 선인(先人)들은 진작 고려(高麗) 청자(靑磁)에다 담았었다.

제비는 그 날렵한 비상(飛翔), 준엄(峻嚴)한 인고(忍苦)로 하여 찬탄(讚嘆)의 적(的)이 되어 마땅하다.

6 · 25 전만 해도 초속(秒速) 570m를 능가(凌駕)하는 문명의 이기(利器)는 없었다고 생각된다. 세상이 고도화(高度化) 내지(乃至) 초속화(超速化)로 치닫는 추세(趨勢)에 밀려 무언가 더 근본적인 것에 대한 초고속적(超高速的) 상실(喪失)이 자행(恣行)되고 있는 것이나 아닐까?

창(窓) 밖에서는 제비들이 한창 재잘된다. 그들의 세계에도 무슨 Issue가 있는 것일까? 가을도 커튼을 내릴 시간이 가까워졌으니 무슨 마무리 작업을 숙의(熟議)하는 모양인가?

"진리(眞理)가 떠나는 날 행복도 기쁨도 우리 곁을 함께 떠난다."고 한 Barter의 말을 이 가을에 다시 음미(吟味)해 보고 싶은 심정이다.

아무러나, 내년 봄에는 더 많은 제비들이 나의 누옥(陋屋)을 방문해 주었으면 한다.

(1977. 10)

洗 草

우리 선인(先人)들은 외방(外邦)에 가서 출사(出仕)할 때, 당지(當地)의 여성들과의 사이에 많은 일화(逸話)를 남기고 있다. 외직(外職)에서 다시 중앙으로 전근(轉勤)되면 지밀(至密)하게 주고 받던 사연(辭緣)들을 모아 놓고 여성들은 깊은 밤중에 아무도 모르게 한 웅큼의 재로 만들었는데, 이를 일러 '세초(洗草)'라고 했다. 세초의 시간에는 가슴이 저미는 체험과 참으로 감당하기 어려운 감개(感慨)가 짝하였을 것이다.

擔掃蛾眉白苧衫　흰 모시 적삼에 얼굴도 해맑구려,
訴衷情語燕呢喃　제 진정 하소하며 제비마냥 종알대네.
佳人莫問郎年幾　내 나이 몇 살이냐 묻지 말아라,
五十年前二十三　오십년 전에 스물 세 살이더니라

신자하(申紫霞)가 남긴 이 시(詩)에 얽힌 에피소드를 생각할 때, 나는 다시 한 번 고전적(古典的)인 애정의 논리를 음미(吟味)하게 된다. 자하(紫霞)야 눈을 지긋이 감고 이런 낭만적 언어나 구사(驅

使)하면 족(足)했겠지만, 사람의 인정이라는 것이 어디 그리 단순한 것이겠는가?

Leibniz는 인간의 감정을 백지에 비유하고 있지만, 마음의 갈피 위에 남겨진 자욱을 복원(復元)시킬 방법은 없다. 낙서(落書) 위를 심하게 문지르다 보면 흐릿하게 지워질 수는 있겠지만, 동시에 종이 자체가 마멸(磨滅)되어 버린다. 사람의 마음 또한 이러한 것이 아닐까?

언제인가 나는 도착(倒錯)된 세초(원래 이런 일은 여성 쪽에서 하는 것이니까)를 결연(決然)히(?) 감행한 적이 있다. 그러고도 제법 두툼한 추억의 파편(破片)들이 버리고 싶은 유산(遺產)처럼 남아 있다. 딴은 애착(愛着)이 가는 것들로서, 개중(個中)에는 초고(草稿)로 남아 있는 놈, 되돌려 받은 놈, 혹은 미처 발송(發送)하지 못한 놈들이 뒤섞여 있다. 이 중에서 가장 정(情)이 가는 것은 부도수표(不渡手票)처럼 되어 버린 편지들이다.

누구는 "청춘은 인생의 고향"이라고 했다던가?

가만히 생각해 보면, 지난날의 청춘의 발언들을 오류(烏有)로 돌린다는 것은 차라리 잔인한 일일 것도 같다.

> 떠나는 청춘이 다시 술잔 속으로 돌아 오는 밤에
> 준마(駿馬)의 창이(創痍)에 비가 내린다.
>
> — 조지훈(趙芝薰) : '유찬(流竄)'에서

그러나, 가랑비 내리는 밤 창가에 앉아서 후회(後悔)의 레일을 달리기에는 아직은 너무 젊은 연륜(年輪)이다.

"동경(憧憬)을 아는 사람만이 나의 고뇌(苦惱)를 알아준다."고 한 Goethe의 말은 암울(暗鬱)하게 변신(變身)해 가는 지도 모를 나의 언저리에서 아직은 자장가처럼 머물러 주고 있다.

세월이 흐르는데 인생에 앙금이 없을 수 없다.

아무리 "병든 수캐마냥 헐떡거리며……"(서정주(徐廷柱)의 시구(詩句)) 살아 왔다고 한들, 지금의 내 주변에 도대체 몇 그루의 황국(黃菊)이 피어 있단 말인가?

언제인가는 덮어 둔 인생의 여권(旅券)에 그야말고 결연(決然)히 세초를 단행해야 할 시간이 오겠지만, 아직은 '불혹(不惑)'이라는 낱말의 뉘앙스를 느끼지 못하고 살아 간다.

(1982. 12)

Ⅱ. 故鄕의 봄

幸福이라는 낱말

하기사 어천만사(於千萬事)가 다 그럴 수 있겠지만, 내게도 가끔 객적은 일이 있다. 무딘 성미에 철그르게 새삼 '행복'이라는 낱말을 생각하게 된 연유를 알 수 없다.

그런데 더 기이한 일은, 그런 어휘(語彙)쯤 생각해 본다고 해서 스스로 겸연쩍게 여기고 있는 내 자신이다. 이같은 낭만적인 정념(情念)은 아득히 먼 지평(地平)에나 존재하는 것으로 느끼는 일종의 자회감(自晦感)에 대하여 짐짓 분노를 느끼기도 한다.

"행복은 하나의 기술이다. 곧 그것을 자신 속에서 발견하는 것이 중요하다." 이것은 칼 · 힐티의 말이다. 빠이런은 "눈물과 미소 사이를 산책하는 것이 인생"이라고 읊은 바 있다.

그러면 나는 이 인생의 여정(旅程)에서 행복의 노을이 아스름한 신기루(蜃氣樓)로 변신해 버렸다고 믿는 것인가?

어느덧 불혹(不惑)의 변경(邊境)을 넘어 선 지금, 뒤늦게 '미니욘'에 대한 향수(鄕愁)를 반추(反芻)하는 것은 아니지만, 따는 행복이니, 영원이니 하는 명제(命題)들에 대하여 수인사라도 건내야 할

처지에 이른 모양이다.

도대체 '행복'이란 무엇인가?

그것은 유연(柔軟)과 경직(硬直)을 공유(共有)하는 Philia인가? 하냥 Pathos의 영역을 일탈(逸脫)하지 못하는 인간들이 무지개를 바라보듯 응시(凝視)할 수밖에 없는 Eros인가? 그리고, 이들의 굴대 저쪽에는 어느 음산한 '불행의 계곡'이 깊이 패어 있는 것일까?

마키버 교수는 그의 <행복의 탐구>에서 "우리는 여러 가지 사실을 서입견(先入見)에 적응시키려 한다. 사실이 여기에 맞지 않을 때에는 그것을 숨기려 한다. 이것이 불행의 연유이다."라고 설파(說破)하고 있다.

그러나 럿셀이나 심지어 플라톤까지도 '행복론'에서 출발하고서도 '불행론'으로 결론에 대(代)하게 된 까닭은 무엇일까?

나는 행복의 파랑새가 어느 봄날 이른 아침에 서너 평 남짓한 서재 앞 살구나무에 와서 느닷없이 '삐이 뱃쫑뱃쫑'하고 노래해 줄 것으로는 믿지 않는다. 그렇다고, 함박눈이 몹시 내리던 밤 효자동(孝子洞) 어귀에서 만났던 그 텁석부리 노인 같은 불행의 전령사(傳令使)가 문득 내 어깨를 두드릴 것이라고 생각하지도 않는다.

사정이 이렇고 보면, 나의 이 소박(素朴)하고 치기(稚氣)어린 왈(曰) '행복론(幸福論)'도 임자 없는 나룻배일 수밖에…….

턱없이 잊지 못하는 인상적인 장면이 하나 있다. 그것은 마리앙투와네트가 모차르트의 곁을 떠난 것을 통절(痛切)하게 뉘우치는 모습이다. 마리는 왜 진작 브라우닝의 시(詩) 한 편을 만나지 못했던가?

一年은 봄,
때는 아침, 아침은 일곱 시.
언덕 기슭에 이슬은 방울방울.
종달새 날아 오르고,
달팽인 가시나무 위에,
하느님은 위에 계시니…….
세상은 모두 태평하여라!

—'피파의 노래'

(1984. 12)

歲月 옆에서

을축년(乙丑年) Calendar도 꼭 두 장을 남겨 놓고, 느닷없이 부슬비가 내린다. 그야말로 이상(異常) 난동(暖冬) 현상이다.

누구는 섣달을 일컬어 '사주(師走)'라고 했다 한다.

하기사 이 급박한 기계 문명의 시대에 내달아야 할 사람이 어찌 스승들 뿐이겠는가? 종로통(鐘路通)을 오가는 시민들의 발길은 오늘따라 구세군(救世軍) 자선(慈善) 남비의 요령(搖鈴) 소리보다도 더 종종대는 것 같다.

"歲月不待人"과 같은 정감적(情感的) 시어(詩語)나 "逝者如斯夫" 류(流)의 사변적(思辨的)인 경구(驚句)에 오랫동안 둔감해져 버린 터인데, 오늘은 유별나게 '세월'의 의미를 생각하게 된다.

프루스트의 유명한 심리주의 소설 <잃어버린 시간을 찾아서>를 제명(題名)만 들은 지 二十여(餘) 年, 그 첫 페이지도 읽어 보지 못하고 지내 온 세월이 그야말로 '잃어버린 시간'이 되고 말았다.

그런데, 참으로 오래간만에 내 곁으로 거세게 흘러 가는 세월의 물결 소리를 듣게 된다.

등잔불 벌써 키어지는데
오랫동안 나는 잘못 살았구나

—서정주(徐廷柱) : '수대동시(水帶洞詩)'에서

바로 이런 심정이라고나 할까?

남자 나이 四十이 되면 자기 얼굴에 책임을 져야 한다는 말이 있다. 요 몇 해 동안 나를 안달스럽게 만든 것은 "四十五十而無聞焉斯亦不足畏也"라고 한 공자(孔子)의 말이다.

생각해 보면 여태껏 세월의 의미나 세서(歲逝)의 심각성에 대하여 한 번도 실감하지 못하고 지내 왔다. 그야말로 '세월 옆에서' 흡사 남의 일처럼 지내 온 것이다.

세월(歲月)의 흐름이 '전광석화(電光石火)'와 같다는 진부한 표현은 그저 상투어(常套語)로만 들어 왔다. 그것은 Erskine Caldwell의 단편소설 <Warm River>에 나오는 정념(情念)어린 존재론쯤으로 알았지, Tagore의 작품에 자주 등장되는 간지스강의 역류(逆流)와 같은 벅찬 명제(命題)라는 사실은 까마아득하게 잊고 지내 왔다.

사람이 심약(心弱)해지기로 말하면 어디 四十대(代) 뿐이겠는가? 하기사 퇴계(退溪)와 같은 현철(賢哲)도 十대(代)에는 걸핏하면 훌쩍거리고 다녔다고 한다. 하지만, 곰곰이 생각해 보면 그 같은 심약함은 연륜을 문제삼을 수도 없는 것이다.

새해에는 세월의 정면에 서서 달음질이라도 쳐 봤으면 한다.

(1985. 12)

'山居日記' 抄

'입춘(立春)'이 내일 모레, 계절의 이방인(異邦人)처럼 눈이 내린다. 외투자락의 눈을 털어 가며 자정(子正)이 넘도록 서성거렸던 효자동(孝子洞) 어느 거리를 생각한다.

이 길로 자꾸 가면
옛날로 돌아나 갈 듯이
등불이 정다웁다.
내리는 눈발이 속삭어린다.
옛날로 가자 옛날로 가자.

—'장곡 천장에 오는 눈'에서

광균(光均)처럼 다감(多感)한 시인(詩人)의 귀에는 눈발의 밀어(密語)도 들린단 말인가.

무딘 사람의 귓전에는 싸르륵 싸르륵 그 소리밖에는 아무 것도 더 들리지 않는다.

촛불이 한 치쯤 남은 것을 보니 작히 자정(子正)은 되었나부다. R.Friedenthal의 <괴테, 생애와 시대>를 펼쳐 놓았으나 도무지 읽혀지지가 않는다.

법당(法堂) 뒤켠 협소(狹小)한 방에서는 노(老)스님의 독경(讀經) 소리가 간헐적(間歇的)으로 새어 나온다. <금강경(金剛經)>이라도 펼쳐 놓고 또 염주(念珠)를 헤아리는 것일까.

염주(念珠)를 헤일 때마다 다생(多生)의 숙인(宿因)이 한(恨)스럽다던 스님. 그래도, 삼도천(三途川)을 건너는 날 다 잊게 되리라던 말이 머리를 스친다.

누구는 수도(修道)를 위하여 염주를 헤인다는데, 깃동 수신(修身)을 위하여 놓쳐 버린 세월이나 헤아려도 되는 것인지……. "四十五十而無聞焉 斯亦不足畏也" 공자(孔子)의 이 말이 다시금 가슴을 에인다.

"사람은 분연(奮然)히 일어서야 할 때가 있다. 그 기회가 바로 장년(壯年)이다." 하기사 Laskin의 말이 더없이 고맙게 들린다. 이미 흘러 간 물로는 방아를 찧을 수 없는 일이 아닌가.

* * *

내일이면 또 속사(俗事)를 핑계삼아 서울행 열차표를 사야 한다. 남자는 마음으로 늙고 여자는 얼굴로 늙는다던데, 그러면 그 '마음'과 '몸'은 무엇인가? 육신을 걸어 내심(內心)을 지핀다는 불자(佛子)들의 사변(思辨)은 아무래도 힘겨운 명제(命題)이다.

일생을 남 보고만 사는 사람들은 세상을 요지경(瑤池鏡)쯤으로 생각한다고 했다. 각본(脚本)에도 없는 역(役)을 하려고 뛰어 나온 배우의 초조(焦燥)한 모습이라니!

*　*　*

"비 내리는 봄밤이면 인생의 여권(旅券)이 함초롬히 젖음을 느낀다."시던 무애(无涯) 스승님. 눈 내리는 이 밤에는 그 머나먼 나라에서 '젖은 여권'을 말리고 계시는지……. "좌절(挫折)하지 말고 하늘을 응시(凝視)하면서 살아 보라."던 K씨. 이 암울(暗鬱)한 세로(世路)에 서서 어느 하늘을 우러러야 하나?

스승도 Mignon도 다 떠나 버린 빈 자리, 다시는 메울 수 없는 공터에 주저 앉아 Saxhorn이라도 한바탕 불어대고 싶구나

*　*　*

문풍지가 유난히 떨린다.

(1987. 12)

故鄕의 봄

'한식'이 내일 · 모레, 고즈넉한 밤을 두고 비가 내리다.

봄비는 찰지다는데, 이 비가 멎고 나면 아마 내 고향 '내성천(乃成川)'의 노들강변에도 실버들강아지들이 제법 휘늘어지겠지.

'청명(淸明)' · '한식(寒食)'. 가신 임 무덤가에 향불 피워 놓고 가지런히 엎드려서 지나 간 불효를 못내 안쓰러워하는 절기.

참으로 오랫동안 가 보지 못한 고향과 그 고향의 봄을 생각해 본다. 한 번쯤 민족의 격동기를 몸소 겪어 본 사람이라면 누구나 다 우리의 동요 '고향의 봄'과 '반달'을 생각하듯이—.

Karl Barth는 "인간은 잃어버린 영원한 고향을 찾아서 방황하는 존재"라고 했다. 사실 따지고 보면 한 인간의 일생이란 것도 Homesick과 Nostalgia 사이를 방황하는 과정에 지나지 않을지 모른다.

고개를 수그리니 모래 씻는 물결이요
배 뜬 곳 바라보니 구름만 뭉기뭉기
때 묻은 소매를 보니 고향 더욱 그립소

—'고향 생각에서

'가고파'의 시인 노산(鷺山)이 남긴 또 하나의 애틋한 망향(望鄕)의 시(詩)이다.

누구의 말마따나 "나를 키운 것은 8할이 바람"(서정주의 시구)이라고까지 말할 수는 없더라도, "병든 수캐마냥 헐떡거리며……" 살아 오는 동안 내 마음의 언저리에는 너무나 많은 티끌이 쌓여 버렸다. 지금 나는 "때묻은 소매"가 아닌 '먼지 낀 세월'을 회상하는 것이다.

내 고향은 영남(嶺南)의 한 산촌 마을이다.

소백산맥이 남쪽으로 내닫다가 잠시 쉬어라도 가려는 듯, 표고(標高)가 다소 완만해진 곳에 '학가산(鶴駕山)이 있다. 이 산 안자락으로 낙동강 한 줄기가 유유히 흐른다.

'학가산'은 신선이 학을 타고 가는 형상이라고 했다.

이 산의 정기(精氣)를 받아서 동쪽에는 퇴계(退溪), 남쪽에는 서애(西崖), 그리고 서쪽에는 약포(藥圃)가 태어났다고 입에 침이 마르도록 자랑을 늘어 놓던 내 고향 사람들이었다.

'명철보신(明哲保身)'의 미덕을 유난히도 강조하던 내 어린 시절의 그네들은 지금은 도회지로 돈 벌러 간 손주 자랑이나 하면서 여생을 보내고 있을 테지.

봄볕이 융석처럼 따사롭던 내 고향 토담집 언덕배기에도 지금쯤은 아지랑이가 전설처럼 피어나고 있을까?

생각하면 모두가 그리운 일이다.

"청춘은 인생의 고향" 이것은 Goethe의 말이다.

<젊은 벨텔의 슬픔>에 나오는 옹달샘이 생각날 때마다 나는 문

득 두고 온 고향에 대한 갈증을 느낀다. "동경을 아는 사람만이 나의 고뇌를 알아준다."고 했던 괴테의 '고뇌'도 바로 그런 갈증 탓이 아니었을까?

지금의 나에게 '청춘'이란 대체 무엇인가?

"떠나간 청춘이 술잔 위로 다시 돌아 오는 밤"에 짐승처럼 꺼이꺼이 울먹였다던 지훈(芝薰). "울음은 구극(究極)의 언어"라고 했던 지훈은 필시(必是) 이 시대의 마지막 자유인이 아니었을까 생각된다.

일상적인 언어 생활 속에서 '고향이라는 낱말만큼 우리들을 포근하고 정겹게 감싸주는 어휘가 다시들 있겠는가?

누구에겐들 고향이 없으랴마는, 고속 버스로 너댓 시간 남짓한 거리에 있는 그 고향인데도 벌써 십 년 가까이 가 보지 못하고 말았다. 육신의 고향마저 등지다시피한 나같은 사람이 이런 망향의 글을 쓴다는 것 자체가 지극히 천한 노릇이 아닐까?

고향이 생각날 때마다 고향의 봄이 그리워지고, 봄을 맞을 적마다 냉이와 쑥을 즐겨 캐시던 할머니의 뒷 모습이 떠오르곤 한다.

오리나무와 싸리숲이 뒤엉킨 산등성이로 한참 오르다 보면 아늑한 골짜기에 이르게 된다. 거기, 상수리나무·떡갈나무·느릅나무가 우거진 산자락 양지바른 곳에 할머니의 묘소가 있다.

코흘리개 시절에 아버지를 여읜 나를 무척이나 불쌍해 하시던 할머니. 새 학기라도 되어 서울행 완행열차에 차마 오르지 못하고 눈물이라도 글썽일라 치면 "대가(大家)집 종손(宗孫) 녀석이 마음이 그처럼 약해서 되겠느냐?"고 나무라시던 우리 할머니!

할머니 무덤 앞에 내가 심어 둔 살구나무 가지에는 금년 봄에도 산새들이 모여 앉아서 '삐이 뱃쫑 뱃쫑'하고 지저귀고 있는지—.

경직된 '조국(祖國) 근대화(近代化)'정책에 밀려 날로 황폐해져 만 가는 우리네 농촌, 그리고 내고향. 문득 생각나는 두보(杜甫)의 시 한 구절.

國破山河在　　나라가 흩어지니 산하만 남고
城春草木深　　옛 성엔 봄 돌아와 풀나무 핀다

어차피 고향이란 먼 발치에서 바라보기만 해야 할 존재인가?

가을 바람이 불면 고향의 명품인 순채국과 농어회 맛을 못 잊어 관직을 버리고 고향으로 돌아 갔다는 장한(張翰)은 참으로 행복한 사람이었던가보다.

(1990. 4)

中庸과 常情

우리의 일상적인 생활 속에 '절대적 진리'라는 것이 과연 존재하고 있는 것일까?

John Dewey와 같은 도구주의자(道具主義者)들이 '상대적 진리론'를 주장하고 있는 것은 납득이 가는 일이지만, 진리의 화신(化身)처럼 인식되어 온 Kant마저 '선별적 진리론'을 개진(開陳)하고 있는 것은 아무래도 의아스러운 일이다. "안다는 것은 하나의 심리적 현상이므로 모든 사람들에게 승인된 진리란 오히려 존재하지 않는 것이 보통'이라고 한 미끼 기요시(三木 淸)의 말도 바로 진리에 대한 이러한 인식의 단면을 잘 드러낸 것이라고 하겠다.

그러면 인간의 윤리 체계 위에다 '절대적 가치 규범'을 설정하는 일은 가능한 것일까?

그 해답 또한 '불가지론(不可知論)'으로 귀결될 수밖에 없을 것 같다.

진리나 가치관에 대한 이러한 가변적인 기준을 지양하기 위해서 사람들은 오래 전부터 '중용(中庸)'의 미덕을 강조해 왔던 것 같다.

자사(子思)의 <중용(中庸)>이 유교의 종합적인 해명서(解明書)로서 지금껏 빛을 발하고 있는 것도 바로 그런 연유에서 비롯된 것으로 생각된다.

명분(名分)을 처신의 구심점으로 삼았던 우리네 선민(先民)들은 '명분론' 자체가 주관이나 위선에 빠질 위험성을 다분히 내포하고 있음을 깨달았던 탓인지, "극단에 치우치지 않고 과불급(過不及)이 없는 평범한 곳에 진실이 있다."는 이른바 '중용(中庸)'의 덕목을 극구 강조했던 것이다.

"목이 마르는데도 샘의 이름이 고약해서 물을 마시지 않았다."(渴不飮盜泉水)든지, "몹시 피로한데도 마을 이름이 나빠서 그냥 지나쳤다."(邑號勝母曾子不入)고 하는 일들은 일종의 결벽증이라 해도 무방할 것이다. 공자가 말한 '과유불급(過猶不及)'이란 것은 바로 이러한 소박론(素朴論)을 경계한 것으로 볼 수 있다.

공자의 합리적인 사고를 보여주는 <논어(論語)>(자로편(子路篇))에 소개된 일화(逸話) 하나.

> 섭공(葉公)이 공자(孔子)에게 말했다. "우리 마을에 몸가짐이 정직한 사람이 있는데, 그의 아버지가 양을 훔치자 자식이면서도 그것을 증언했습니다." 공자라 말했다. "우리 마을의 정직한 사람은 그와 다릅니다. 아버지는 자식을 위해 그런 일을 숨기고, 자식은 아버지를 위해 그런 일을 숨기지만, 정직함이란 그런 중에 있습니다."

유명한 "직궁증부(直躬證父)"의 고사(故事)이다.

이 대화에는 정직함도 좋지만 '천륜(天倫)'이 더욱 중요하다는 공자의 윤리관이 잘 나타나 있다. 장자(莊子)와 같은 낭만주의자가 이를 두고 "소신(所信) 때문에 우환이 되었다."(信之患也)고 평한 것은 너무나 당연한 논리라고 할 수 있다.

좀 더 격조 높은 episode 한가지.

당시 세도가의 자제였던 정구(鄭逑)와 정인홍(鄭仁弘)이 제자가 되기 위해 퇴계(退溪)를 찾아 갔다. 그들은 예의를 갖추려고 한여름인데도 도포에 행전까지 치고 갔었다. 수인사가 끝나고 이야기를 나누게 되자 정구는 더위를 못 참고 도포를 훨훨 벗어서 벽에다 걸고 갓마저 벗더니 땀을 닦는데, 그 행동은 조금도 스스럼이 없었다. 그러나, 정인홍은 끝까지 정좌(定座)를 한 채 찌는 듯한 무더위를 참고 있었다.
다음 날 아침, 퇴계는 정구만을 제자로 삼고 정인홍에게는 "그대를 가르치기에는 나는 힘이 부족하니 돌아가는 것이 좋겠다."고 하였다.

예의와 법도에 철저했던 정인홍을 돌려보낸 이유를 제자들이 물으니 퇴계는 이렇게 말했다. "상정(常情)을 벗어난 행동을 하는 사람은 무슨 짓을 할지 모르는데, 그런 사람이 무슨 쓸모가 있다고 글을 가르친단 말이냐?"

뒷날 정인홍은 조식(曺植)의 제자가 되어 큰 학자가 된 것까지는 좋았으나, 사색당쟁(四色黨爭)을 주도(主導)하고 영창대군(永昌大君)까지 잔인하게 죽이는 폭거(暴擧)를 자행하다가 '인조반정(仁祖反正)'이 일어나자 형장의 이슬로 사라지는 신세가 되었다.

이 두 편의 일화에서 우리는 평범한 생활의 지혜 하나를 터득할 수 있을 것이다. 혹자(或者)는 '중용(中庸)'과 '상정(常情)'이 소극적인 처세 방법이라고 힐난(詰難)할지 모르나, 건전한 양식(良識)만이 생활의 확실한 반려자(伴侶者)임을 우리는 항상 기억해야 할 것이다.

(1992. 5)

안개 지역

시성(詩聖) 괴테의 말이라던가? "10대에 시인(詩人) 아닌 사람 없고, 20대에 철학자(哲學者) 아닌 사람 없고, 30대에 경제학자(經濟學者) 아닌 사람 없다.". 인간의 내면(內面) 세계(世界)의 변이(變異) 과정(過程)을 잘도 갈파(喝破)한 명언(名言)이라고 생각한다.

허름한 잠바 차림에다 당시로서는 최첨단 문학 이론서였던 <The theory of literature> 등속(等屬)을 끼고 캠퍼스를 활보(闊步)하던 문학 청년 시절, 나는 한 때 안개를 소재로 한 작품에 관심을 쏟은 적이 있었다. A.Miline 이나 G.K.Chesterton의 에세이들, 소월(素月)의 '비단 안개'나 C.Sandburg의 'The fog'는 그때 애독했던 문학 작품의 목록들이다.

김소월은 그의 시에서 안개를 애증(愛憎)과 회자정리(會者定離의) 매개체로 설정했고, 샌드버그는 기계 문명에 마멸되어 가는 인간들의 서정을 형상화(形象化)한 것으로 기억된다. 후자의 경우, 김광섭(金珖燮)의 '성북동(城北洞) 비둘기'와 주제를 같이 한다고 해도 무방할 것 같다.

상식적으로만 말한다면, 안개란 수증기가 지면에 가까운 기층에서 응결되어 떠 있는 현상에 지나지 않는다. 물리학에서는 안개란 관측지점으로부터 1천m 이내(以內)의 목표물이 보이지 않는 기상(氣象) 현상을 가리킨다고 한다.

흔히 쓰이는 한자(漢字) 성어(成語)에 '무산(霧散)'과 '오리무중(五里霧中)'이란 단어가 있다. 전자(前者)는 계획했던 일의 실패를 두고 하는 말이고, 후자(後者)는 무슨 일에 대해서 알 길이 없다는 뜻으로 쓰이고 있다. 둘 다 달갑지 못한 의미를 지니고 있다.

이러한 경우, 자연이 잉태(孕胎)해 내는 지극히 단순한 사물을 두고 인간의 주견(主見)이 착색(着色)됨으로써 다기(多岐)한 의취(意趣)가 파생되고 있음을 알 수 있다. "인간은 모두 자기의 취미와 직업과 편견으로 물들여 진 색안경을 끼고 살아간다."고 한 Gardiner의 말은 참으로 정곡(正鵠)을 얻었다고 할 것이다.

인연(因緣)이란 묘한 것이어서, 그 시절로부터 사반세기(四半世紀)가 지나버린 지금에 와서 나는 또 다른 의미에서의 안개와 맞닥뜨리고 있다.

연간(年間) 백여회(百餘回) 가까이 왕복하는 영동(嶺東) 고속도로(高速道路) 구간(區間)에는 '안개 지역(foggy area)'이라고 표시된 이색적인 공간이 여러 군데 있다. 시장기가 도는 이른 아침, 안개 자욱한 험로(險路) 위로 질주(疾走)하는 고속 버스에 몸을 기대고 있노라면, 나도 모르는 사이에 그런 팻말 쪽으로 시선이 자주 가게 마련이다.

이런 구간을 지나노라면 나는 때때로 자연 속의 한 공간을 통과하고 있는 것인지, '인생(人生) 행로(行路)'의 한 페이지를 스쳐 가는 것인지 착각(錯覺)에 빠질 때가 있다.

하기야 일찍이 Hermann Hesse도 "안개 낀 계곡(溪谷)의 길로 혼자서 조심스럽게 더듬어 가는 것이 인생"이라고 말하지 않았던가?

한 치 앞을 가늠할 수 없을 정도로 자욱한 안개도 걷히고 나면 영락(零落)없이 쾌청한 날씨와 아름다운 산하(山河)를 맞이할 수 있는 것이 대자연의 섭리(攝理)이다.

제법 뿌연 운무(雲霧)가 드리워져 있는 내 '인생의 안개 지역'에서도 그것들이 말끔히 가시는 날, 어느 이름 모를 산자락에 한 떨기 안개꽃이라도 발견할 수 있었으면 하는 것이 '시인(詩人)'도 '철학자(哲學者)'도 아닌 지금의 내가 갖고 있는 소박(素朴)한 꿈이다.

(1992. 1. 6)

退溪의 달

한국 유학(儒學) 연구의 한 지평(地平)을 열었던 현상윤(玄相允)은 그의 주저(主著) <조선유학사(朝鮮儒學史)>에서 퇴계(退溪)에 대하여 이렇게 언급하고 있다.

> 그는 이론(理論) 유학(儒學)의 대표자요 종장(宗匠)이며, 정주학(程朱學)의 충실한 후계자로서 학문상 공헌은 막대하나 시국(時局)을 자임(自任)하는 열성과 용기에 있어서는 소극적이었다.

1980년대의 전범적(典範的) 역저(力著)로 꼽히는 '한국철학회(韓國哲學會)'가 펴낸 〈한국철학사(韓國哲學史)〉 에는 교육자로서의 퇴계(退溪)가 끼친 영향에 관해서 다음과 같이 소개하고 있다.

> 이황(李滉)이 70세의 생애(生涯)를 마칠 때까지 그 문하(門下)에서 많은 제자들이 배출되었다. 정승(政丞)을 역임(歷任)한 사람이 10명이 넘고, 시호(諡號)를 받은 인물이 30명이며, 대제학(大提學)을 지낸 이가 10명이 넘는다. 명종(明宗) 말(末)부터 선조조(宣祖朝)에 걸쳐 당시 명성(名聲)을 떨친 명사(名士) 중에 퇴계

(退溪)의 문하(門下)에 왕래(往來)하지 않은 이가 없었으니 일세(一世)의 유종(儒宗)이요, 지도자(指導者)였다. 더구나, 그의 문인(門人) 중에 74명이 서원(書院)이나 사우(祠宇)에 배향(配享)된 것은 다른 어느 학자에게서도 찾아 볼 수 없는 일이다.

문화부(文化部)에서는 1월을 '퇴계(退溪)의 달'로 정하고 그의 학문적 업적과 사상을 재조명(再照明)하는 다양한 사업을 벌인다고 한다.

공과론(功過論)이야 무엇이건, 유교는 1천 여 년을 두고 우리네의 정신 생활을 지배해 왔다. 관(官) 주도(主導)의 관행적(慣行的) 행사가 유난히도 많았던 터에 '아조(我朝) 유종(儒宗)'으로 통칭(通稱)되어 온 한 위대한 사상가를 기리기 위해 범국민적(汎國民的)인 행사가 베풀어진다는 것은 백 번 잘하는 일이라고 생각한다.

오래 전 얘기지만, 당시 최고 통치자의 취향(趣向)을 재빨리 알아 차린 사람들이 지폐(紙幣)를 만들 때 퇴계(退溪)의 영정(影幀)은 천원 권(券)에다 넣고, 율곡(栗谷)의 그것은 오천원 권에 넣어서 거센 세론(世論)에 부닥친 일이 있었다.

어느 해인가, '안동(安東)댐' 건설로 '도산서원(陶山書院)'이 수몰(水沒)될 위기에 놓인 적이 있었다. 정작 퇴계(退溪)의 후손들은 '조국(祖國) 근대화(近代化)'의 명분(名分)을 내세우는 정부 당국자들의 설득에 꿀 먹은 벙어리가 되어 있었을 때, 이번에는 호남(湖南)지방의 유림(儒林)들이 청와대(靑瓦臺)와 건설부(建設部) 쪽에다 대고 거세게 항의하고 나섰었다. 아마도 7년여에 걸친 퇴계(退溪)와 고봉(高峰) 기대승(奇大升) 사이의 우정어린 학문적 논쟁의 여향(餘香)때문이 아니었을까?

우리는 퇴계(退溪)를 도학자(道學者)로만 얘기해 왔지, 13수의 (時調)와 6편의 (歌辭), 그리고 1천8백14수의 (漢詩)를 남긴 훌륭한 시인(詩人)이라는 사실에는 별다른 관심이 없었던 것 같다.

조윤제(趙潤濟)의 평가대로 그는 “문학가의 문학을 능가하는 유학(儒學) 문학(文學)의 표준”임에 틀림없는 것이다.

명종明宗은 퇴계(退溪)가 소명(召命)에 응할 수 없음을 애석히 여기고 은밀히 화공(畵工)을 시켜 도산(陶山)의 승경(勝景)을 그려 오게 해서, 그 산수화(山水畵)로 병풍을 두르고 평생의 울적함을 달랬다고 한다. 나는 이 일화가 생각날 때마다 위대한 윤리학자 Spinoza를 연상하게 된다. “당신의 저서를 내게 바치면 지위와 명예를 주겠다.”고 한 화란(和蘭) 왕의 제안에 “내 책은 다만 진리 앞에 바칠 뿐”이라고 응수했다는 스피노자의 초고(超高)는 두고두고 우리의 옷깃을 여미게 할 것이다.

(1992. 1. 20)

素月의 詩

"브란데스의 <19세기 문예사조사(文藝思潮史)>의 한국판"이라고 찬양 받은 바 있는 백철(白鐵)의 <조선(朝鮮) 신문학사조사(新文學思潮史)>에는 김소월(金素月) 시(詩)의 특징에 대하여 대략 다음과 같이 언급되어 있다.

> 소월(素月)은 안서(岸曙)의 후계자로서 민요풍의 서정시로 우리 신시사상(新詩史上) 한 전통을 만든 출람(出藍)의 시인이었다. 그는 도회보다는 시골과 자연을 좋아하고, 문명보다는 깊은 산과 바다와 물결을 사랑했다. 소월(素月)의 시(詩)는 그 자연에서 오는 시흥(詩興)과 자연에서 오는 무상(無常)의 애수(哀愁)와 또한 자연히 이루어지는 리듬으로 형성되었다.

1960년대 초 당시 문공부(文公部)의 통계로는 8・15 광복(光復)으로부터 그때까지 <소월시집(素月詩集)>이 약 80만부 판매되었다는 발표가 있었다. 그 집계(集計)가 어떤 방식으로 산출(算出)되었는지 알 수 없으나, 매년 5만부 이상이 판매되었다는 계산이 나온다. 충동적 흥미물이나 생경(生硬)한 서정물(抒情物)들이 툭하면 '10만부 돌파(突破)' 운운(云云)하는 오늘의 세태(世態)와 수치(數値) 상(上)으로 단순 비교를 한다는 것은 아무런 의미가 없다고 본다.

소월(素月)은 분명 민족(民族)의 시인(詩人)이다.

서정주(徐廷柱)는 소월(素月)의 시(詩)를 두고 "고향(故鄕)의 밀어(密語)"라고 말했지만, 소월(素月)만큼 한국인의 보편적 정서를 순수한 모국어(母國語)와 전통적 음률(音律)에 담아 우리의 가슴 깊이 들려준 시인(詩人)은 아직 없었다. 그를 가리켜 "한국(韓國) 시단(詩壇)의 파수병(把守兵)"이라고 평한 사람이 있었다. 참으로 온당한 표현이라고 생각한다.

그의 시형(詩形)이 민요조(民謠調)이든, 시적(詩的) 정서가 정한(情恨)에 있든, 우리는 그런 도식적(圖式的) 문학 이론에 용훼(容喙)할 필요는 없다고 본다.

소월(素月)의 시(詩)를 가만히 들여다 보면 '이별의 서러움'과 '생(生)에 대한 애틋한 그리움'이 주조(主調)를 이루고 있음을 쉽게 알 수 있을 것이다. 그것은 바로 '꿈과 눈물과 순정(純情)의 결정체(結晶體)'이기도 하다.

소월(素月)은 가정적으로는 대단히 불행했던 모양이지만 그런 중에서도 안서(岸曙)와 고당(古堂)과 같은 큰 스승을 만날 수 있었던 것은 정말 천행(千幸)이었다고 할 것이다. '소월(素月)의 추억(追憶)'에 나타난 은사(恩師)로서의 안서(岸曙)의 자정(慈情)과 '제이 · 엠 · 에스'에 담겨진 소월(素月)의 고당(古堂)에 대한 외경(畏敬)의 염(念)은 참으로 아름다운 앙상블을 연출해 내고 있는 것이다.

"글은 가슴으로 쓴 것도 있고, 머리로 쓴 것도 있다.". 이것은 매슈 아놀드가 남긴 유명한 말이다.

미처 여과(濾過) 되지도 않은 구미풍(歐美風)의 시(詩)에다 한껏 멋을 실어 보려는 '머리로 쓴 시(詩)'들이 횡행(橫行)하는 작금(昨今)의 시폐(時弊)를 바라보면서 '가슴으로 쓴' 소월(素月)의 시(詩)를 다시금 생각하게 된다.

'춘분(春分)'이 가고 '청명(淸明)'이 오면 소월(素月)이 그토록 사랑했던 진달래꽃이 서러움처럼 이산 저산에 피어날 것이다. 끝내 '산수갑산(山水甲山)'을 벗어나지 못했던 소월의 애절(哀切)한 시혼(詩魂)도 "가신 임 무덤가의 금잔디"처럼 함께 피어날 것인지—.

친구여! 봄비가 고즈넉히 내리는 밤이 오거든 혼자라도 깨어나 있어, 우리의 박행(薄倖)했던 시인을 위해서 철그른 엘레지라도 불러 보면 어떠리.

(1992. 2. 26)

Ⅲ. 스승의 追憶

延世大 時節의 无涯 스승님

화갑(華甲) 선물로 받으셨다는 까만 오바를 입으시고는 "아직은 제군(諸君)들 못지 않은 정열과 낭만이 있다."고 하시면서 'T·S·엘리어트론(論)'을 장장 두어 시간이나 열강하시다가 지용(芝溶)의 절시(絶詩) "제비도 가고, 장미(薔薇)도 숨고, 마음은 안으로 상장(喪章)을 차다." ('귀로(歸路)'의 한 연(聯))를 저음(低吟)하시고는 문득 '학관(學館)'의 욱스러진 담장이 넝쿨을 물끄러미 바라 보시던 모습이 엊그제의 일만 같은데, 그 무애(无涯) 스승님께서 어느덧 고희(古稀)를 맞으셨다 한다. 놀라운 것은 세월의 흐름이다. 누가 "소승(小僧)도 내일이면 노승(老僧)이 된다."했던가.

피히테는 "권태(倦怠)는 인간(人間)의 원죄(原罪)"라고 말했다지만, 한갓 게으름으로 소견(消遣)하는 나에게 스승님의 편모(片貌)를 말해 보라 한다.

하다 못해 그토록 즐겨 드신다는 해삼탕 한 번 대접해 드리지 못한 불초(不肖)한 후생(後生)이 감히 '학두격원(學斗格圓)'의 경(境)에 이르신 스승님에 대하여 이러니 저러니 운위하는 경망됨을 해서(海恕)

해 주실 것인지, 생각하면 송구(悚懼)스럽기 짝이 없는 일이다.

스승님께서 연세대(延世大)에 재직(在職)하시던 때는 학원 내외의 사정이 무척이나 혼미(昏迷)하였었다고 기억된다. 4·19에서 6·3사태에 이르는 거센 소용돌이 속에서 가뜩이나 저돌적(猪突的)이기 쉬운 우리들의 부동(浮動)을 이성의 훈도(薰陶)로써 가누어 주신 분이 무애(无涯)·한결(김윤경(金允經)) 두 분이었다고 나는 분명히 말할 수 있다. 사람에 따라 어투의 차이는 있을지언정 "연세대(延世大)에서 얻은 지식이 한 섬이라면 무애(无涯) 스승님께서 오로지 육두(六斗)를 주셨다."는 의견에 반론을 펴는 동창들을 나는 한 사람도 만난 적이 없다. 그 박학, 그 유우며, 그 순수로써 스승님께서는 끔직히도 제자들을 이끌어 주셨고, 우리들은 더욱 외경(畏敬)의 일념으로 노교수님의 주변을 맴돌았던 터였다.

스승님은 소시(少時)에 천애(天涯)의 고아가 되신 까닭인지 '구학아문(歐學亞文)'에 달통하신 그 호방의 뒷켠 어디엔가는 가녀린 애상(哀傷)이 풍기는 듯이 느껴졌었다. "士爲知己者死 女爲悅己者容"이란 글귀가 생각나시면 위당(爲堂)선생이 써주셨다는

篝燈授讀母心哀　대(竹)호롱 밑에 글 가르친 엄마 마음 슬펐것다—
萬事蒼茫望汝才　만사가 아득해도 '네' 재주만 믿었더니,
歐學亞文徒貫洽　동·서의 글과 학문 모두 다 통했건만,
迎門無復笑顔開　문 열고 반가이 맞는, 웃는 얼굴 없어라!

를 거듭거듭 낭송하시면서 눈언저리를 적시시곤 하시던 스승님. 그리고, 당신의 명언(名言) "當今學者 有三難"(喫飯難 著書難, 保

名難)을 손수 휘호해 주시면서 "이군(李君)도 나이가 들면 알 거야!" 하시던 노은사님의 유달리 주름살 많은 얼굴을 뵈올 때, 그것은 너무나 쓸쓸하고 아름다운 일이었다.

봄비가 고즈넉이 지줄거릴 때, 함박눈이 펑펑 쏟아질 때, 한참씩이나 백양로(白楊路) 쪽을 응시하시던 그 우수(憂愁)의 세계가 무엇이었을까? 최고운(崔孤雲)의 '擧世少知音'의 고독이었을까, 아니면 유비(劉備)의 '髀肉之嘆'이었을까?

북해의 빙산처럼, 그러나 그 밑에 따스한 정과 때로는 눈물조차 담뿍 고일 수 있으면서도 싸느란 침묵을 지키시고 유유(悠悠)히 흘러가는 노대가(老大家)의 Hierarchy를 조명(照明)해 보려는 나 같은 연작(燕雀)의 도로(徒勞)란 숫제 과분(過分)한 노릇인지 모르겠다.

문화가 문명에 침식(浸蝕)되어 가는 세상에서는 발을 씻을 '창랑지수(滄浪之水)'마저 없단 말인가! 세인(世人)들은 '부세(附世)'라는 허름한 척도(尺度)로써 '국학(國學)이란 준령(峻嶺)'에서 심메(探蔘)의 고행(苦行)으로 일관하시는 노석학(老碩學)의 영역에 대하여 부질없이 scape-goat를 요구해서는 안 될 것이다.

연세대(延世大) 시절의 스승님은 '기(技)'보다는 '성(誠)', '교(巧)'보다는 '목(木)'을 취하셨었다. 공(公)에는 더없이 강(剛)하셨으나, 당신께서 아끼시던 유창돈(劉昌惇) 교수께서 급서(急逝)하셨을 때, 마치 어린애처럼 체읍(涕泣)하실 정도로 사(私)에는 유(柔)하셨다고 생각된다. 임어당(林語堂)은 "인간(人間)의 공과(功過)는 관(棺)을 덮고 십년을 기다려서 평가해야 한다."고 말했지만, 스승님의 슬하를 떠난 지 불과 칠년여(七年餘)에 더욱 학덕을 기리게 되는 것은, 당신께서 그 얼마나 연세학원(延世學園)에다 진솔(眞率)과 근엄(謹嚴)의 우람한 방향(芳香)을 불어 넣어 주셨나 하는 방증으로 족한 것이 아니겠는가?

사슴은 굶주려도 잡초를 먹지 않는다는 말이 있다. 소리나는 꽹과리와 울리는 북이 난무하는 세태에서는 "왕후장상(王侯將相) 앞에서는 무릎을 꿇는 것이 좋다. 그러나 알키메데스 앞에서는 고개를 숙여야 한다."고 한 파스칼의 말은 어쩌면 범속(凡俗)한 사람에겐 고달픈 센티메탈리즘일 지도 모른다.

"고통이란 원래 천재의 배상(賠償)이니, 이 말은 아마도 베를렌느를 두고 한 말이리라." 프랑솨 코페가 그의 고우(故友)를 기리어 한 이 말을 무애(无涯) 스승님을 두고도 얘기한다면 스승님께서는 그저 담담히 회심의 미소를 지으실지…….

소정의 지면에, 더구나 천학비재(淺學非才)한 터수로서 스승님의 편모(片貌)나마 얘기한다는 것이 워낙 불가하고 외람된 일인 줄 잘 알지만, 후학의 불민(不敏)조차도 가리시지 않으시고 구태어 당신에 대한 소회(所懷)를 들으시려는 도타우신 배려에 고개 숙이면서, 허술한 무사(蕪辭)로써나마 송수(頌壽)의 뜻으로 이 글을 쓰게 되었다.

고려(高麗) 때 문충(文忠)이 '오관산곡(五冠山曲)'을 지은 심정으로, 부디 노익장(老益壯)하시고 스승님의 앞길에 영광과 행운만이 무애(无涯)하시기를 기원(祈願)하는 바이다.

(1973. 3)

스승의 追憶

— 无涯 스승님을 생각하며

소박한 풍채, 인자하신 옛날의 그 모양대로
그러나, 아아 술과 계집과 이욕에 헝클어져
십오년에 허주한 나를
웬 일로 그 당신님
맘 속으로 찾으시오? 오늘 아침.

— 김소월 : '제이 · 엠 · 에쓰'의 일절

소월(素月)이 고당(古堂)(조만식(曺晩植))을 기리면서 썼다는 이 애틋한 시가 문득 생각난다. 그는 "아름답고 큰 사랑은 항상 가슴 속에 숨어 있다."고 했다. 참으로 감개무량(感慨無量)한 말이다.

자정쯤 되었을까?

'입춘'의 시새움답게 창 밖에는 십 몇 도의 한파가 진을 치고 있는 모양이다. 그러고 보니, 무애 스승님께서 유명(幽明)을 달리하신 지도 어느결에 十有二 년(年)이 지났다. 헤아려 보니 나 또한 모교와 사무적인 연분을 멀리 한 지도 이러구러 二十년(年)이던가?

강산이야 얼마쯤 변했는지 모르겠거니와, 그 동안에 잃은 것은 청춘이요 얻은 것은 연륜 뿐이다. 세월은 나에게 안달스런 생활의 무게를 더해 준 대신, 따스한 서정을 앗아 간 것일까?

"청춘은 인생의 고향" 이것은 괴테의 말이다.

나는 그 '고향'의 중심부에 대학 시절이 자리잡고 있다고 생각한다. 육신의 고향을 떠난 지 삼십여 년, 인생의 고향을 떠나온 지 꼭 이십 년. 이래지래 남의 일로만 생각했던 중년의 고개로 넘어 섰다. "나이 사십이 되면 두 번째 회의에 빠지게 된다."고 한 어느 명구를 음미해 본다.

모교의 이름은 내게 있어서는 항상 모국어처럼 들린다. 때때로 허탈감이 엄습해 올 때, 두고 온 청춘과 못다 부른 노래들이 불현듯 그리울 때, 담쟁이 넝쿨이 유난히 욱스러진 '학관(學館)' 돌담에 기대어 보고 싶은 충동을 억제하기 어렵다.

이것은 하나의 본능일 것이다.

총장이 다섯 번이나 바뀌었던 그 격동의 세월 속에서도 거침이 없었던 그 '불굴(不掘)의 강개(慷慨)'와 '부단(不斷)의 토론(討論)'들을 생각한다. 그리고, 빵 없는 낮과 잘 곳 없는 밤에도 조금도 주눅들지 않았던 청징(淸澄)한 낭만을 그리워하는 것이다. 그래서 빠이런은 "청춘은 영광"이라고 노래했고, 지용(芝溶)은 "나의 청춘은 나의 조국"이라고 읊었던 모양이다.

"경사(經師)는 많아도 인사(人師)는 드물다."는 세간의 질책은 구호와 대자보로 얼룩진 오늘의 대학에서는 그야말고 빛바랜 구도선(口頭禪) 정도일까?

최근 십여 년 동안 이런저런 기회에 많은 교수들과 인연을 맺어 왔지만, 나 자신부터 격의(隔意) 없는 대화를 나눌 만한 스승을 다시는 만나지 못하고 말았다. 이것은 분명 하나의 불행이라고 생각한다.

S.Zweig가 Verlaine를 가리켜서 "영원한 어린애"라고 했던 말을 기억한다. 그리고, 바로 그 베를렌느를 열강하시던 무애 스승님을 생각해 본다.

내가 감히 무애(无涯) 스승님의 제자(弟子) 대열(隊列)에 말석(末席)이나마 차지할 수 있으리라고 생각해 본 적은 없지만, Platon이 그의 스승인 Socrates를 두고 자랑삼아 말한 소위 '3대 행복론'에 대해서는 깊은 공감을 표하고 싶은 심정이다. "다른 시대가 아닌 소크라테스 시대에 태어난 것"을 그는 유난히도 뽐내었다고 한다.

문학에 대한 남다른 애착과 인생에 대한 온화한 애정을 순수로써 조탁(彫琢)하시던 한 큰 스승의 훈향은 나처럼 둔탁하고 객쩍은 사람에게도 항상 되살아나고 있는 것일까?

국문학자, 영문학자, 한학자, 시인, 평론가, 수필가… 어느 것에도 해당되는 당대 최고의 석학으로보다도 "선비는 자기를 알아주는 사람을 위하여 목숨을 바친다."면서 "위당(爲堂, 정인보)이 없는 세상이 참으로 고독하다."고 하시던 그 쓸쓸한 모습을 회상해 본다.

학문을 논하는 자리에서는 상대방을 "산 밑으로 지나가는 빗소리" 정도로 압도하시던 당당한 자세보다는 "대중 잡지와 약 광고

에까지 얼굴을 판다."는 세론(世論)에 부딪혔을 때, "누가 나에게 당뇨병 치료 약 한 알 사 준적이 있었더냐?"고 하시던 때의 그 안쓰러운 표정을 잊을 수가 없다.

"개관사정(蓋棺事定)"이란 말이 있다.

무애 스승님의 관 위에 몇 줌의 흙이 뿌려진 지도 십 년, 또 이 년이 흘렀다.

세상에는 학연(學緣)이니 지연(地緣)이니 해서 가장 엄정해야 할 학문적인 평가에 있어서도 도착(倒錯)된 합리주의로 일관하는 인사들이 많다고 한다.

더구나, 선학(先學)들의 빛나는 업적을 폄하(貶下)하는 일에 여념이 없는 사람들도 있는 모양이다. 그럴수록 '향가'나 '고려가요'를 대할 때마다 Whitehead가 남겨 준 명언 한 구절을 거듭거듭 반추하게 된다. "서양 철학사란 무엇인가? 그것은 플라톤 철학의 footnote에 불과하다."고 그는 단호하게 말한 바 있다.

양주동(梁柱東) 박사(博士)처럼 적수공권(赤手空拳)으로 미개척의 영역에 뛰어 들어 결코 만만치 않은 성과를 이룩하는 일이 과연 아무에게나 가능할 것인가?

그리고, "감정과 직관의 학문"이라고 양 박사를 몰아 부치던 소위 '서구적 방법론자'들은 그분의 <조선고가연구(朝鮮古歌硏究)>와 <여요전주(麗謠箋注)>에다 footnote 몇 줄을 추가한 것 외에 무슨 신경지를 개척했다는 것인가?

"학문에는 국경이 없으되 학자에게는 조국이 있다."는 명언(名言)을 후학들은 겸허하게 음미해 보아야 할 것 같다.

"떠나버린 열차는 참 아름답구나.!" 이것을 Baudelaire의 시구이다. 혹시 봄눈이라도 펑펑 내리거든 추억의 레일을 딛고 '학관(學館)'돌담에 기대어 서서 '수대동시(水帶洞詩)'나 한 번 읊어 볼까?

아스럼 눈 감았던 내 넋의 시골
별 생겨 나듯 돌아오는 사투리
등잔불 벌써 키여지는데
오랫동안 나는 잘못 살았구나.

—서정주: '수대동시'의 일절

(1989. 6)

잊을 수 없는 名講

—梁柱東 博士의 '文學槪論'

플라톤은 그의 '행복론(幸福論)'에서 "다른 시대가 아닌 소크라테스 시대에 태어난 것"을 몹시 자랑한 바 있다. 하기야 위대한 스승을 한평생 존경하면서 살 수 있는 사람은 행복한 존재(存在)임에 틀림없을 것이다.

오래 전에 들은 이야기다.

미국의 고고학자(考古學者)들이 이집트 정부의 허락을 얻어서 스핑크스 하나를 해체(解體)해 보았다고 한다. 이것저것 살피는 중에 천장 부근에서 낙서 한 줄을 발견했는데, 해독(解讀)해 보니 "요새 젊은 것들은 버르장머리가 없어!"라는 내용이었다고 한다.

기성(旣成) 세대(世代)와 신진(新進) 세대(世代) 사이의 갈등(葛藤)은 기원(紀元) 전(前)이나 지금이나 다를 바 없는 모양이다. 그도 그럴 것이, 전자(前者)는 대개 현실에 안주(安住)하려고 하고, 후자(後者)는 현실(現實) 개조(改造)에 열을 올리기 일쑤이기 때문이다.

아무리 인성론적(人性論的) 설명은 그렇다손 치더라도, 구호(口號)와 대자보(大字報)로 영일(寧日)이 없는 오늘의 대학가를 지켜보고 있노라면, 비애(悲哀)와 환멸(幻滅)을 느낄 때가 한두 번이 아니다.

"대학(大學)은 낭만(浪漫)과 철학(哲學)의 전당(殿堂)"이라고 한 실러의 말이 한없이 그리워진다.

"경사(經師)는 많아도 인사(人師)는 드물다."고 하는 세론(世論)이 일 적마다 나는 늘 무애(无涯) 선생을 생각한다.

"찬란했던 과거를 뒤돌아 볼 때처럼 쓸쓸한 일은 없다."고 셰익스피어는 말했다지만, 아름답고 소중한 추억을 회고해 보는 것은 한없이 즐거운 일이다. "아름다운 것은 영원한 기쁨"이라고 한 존 키츠의 말은 그런 의미에서 천고(千古)의 명언(名言)이다.

운(運) 좋게도 지금까지 나는 많은 석학(碩學)들의 강의를 들어왔지만, 양주동(梁柱東) 박사(博士)의 '문학개론(文學概論)'처럼 일생을 두고 뇌리(腦裏)에서 사라지지 않을 명강의(名講義)를 두 번 다시는 들을 수 없을 것 같다.

특정한 교재가 있는 것은 아니었다. 강의의 내용은 '구학아문(歐學亞文)'을 통괄(統括)하는 그야말로 박학다식(博學多識) · 박람강기(博覽强記) 그것이었다. 말이 '문학개론'이지 이것은 차라리 '인생론(人生論)'이란 명칭이 더 어울렸을 것이다. 뒷날 톨스토이와 칼 힐티의 '인생론(人生論)'이나 카시러의 '인생론(人間論)'도 읽어보았지만, 이 강의(講義)만큼 감동적인 대목은 접할 수 없었다.

무애(无涯) 선생의 열변(熱辯)의 절정(絶頂)은 뭐니뭐니 해도 '정지용(鄭芝溶) 시론(詩論)'과 위당(爲堂) 정인보(鄭寅普)와의 인간적(人間的)인 교유담(交遊談). 특히 위당(爲堂)의 고매(高邁)한 인품을 회상할 때는 『사기(史記)』(예양전(豫讓傳))의 저 유명한 '士爲知己者死女爲悅己者容' 구(句)를 나직히 읊조리는 중에 어느덧 손수건을 적시곤 했다. 양(梁) 박사(博士)의 그 때 모습은 천진난만(天眞爛漫), 바로 그것이었다. 양(梁) 박사(博士)는 어려서 천애(天涯)의 고아(孤兒)가 되었던 탓인지, 당대(當代) 최고의 석학(碩學)이라는 통상적(通常的) 이미지와는 달리 정(情)에 약하고 눈물이 많은 편이었다. 그가 남긴 수필집 <인생잡기(人生雜記)>를 읽어보면 이러한 사실을 금방 확인할 수 있을 것이다.

무애(无涯) 선생은 한번도 휴강을 한 적이 없었다. 당신의 환갑(還甲)날에도 예(例)의 그 '문학개론' 시간에 와이셔츠 소매를 걷어 올리고 T.S.엘리어트와 김성탄(金聖嘆)을 열강(熱講)하던 모습은 아득히 30여 년의 세월이 흘러버린 지금도 바로 엊그제 일처럼 눈에 선하다.

(1992. 2. 5)

아득한 距離에서

—劉昌惇 先生님을 여의고

“침묵(沈默)은 최고(最高)의 웅변(雄辯)”이라고 한 사상가(思想家)가 있었고, 어느 시인(詩人)은 “울음은 구극(究極)의 언어”라고 하였다. 짐승처럼 헤설피 울 수도 없고, 그 저 땅바닥에 주저앉고 싶은 심정을 그들은 또 무엇이라 표현할 것인가. ‘망연자실(茫然自失)’이라는 말 밖에는 달리 이 비창(悲愴)의 마음을 일컫을 수가 없을 것 같다.

<성서(聖書)>에는 “모든 것이 헛되다.”는 니힐이 있고, <불경(佛經)>에도 “諸行無常而六如”라 한 허무(虛無)가 있다. 그리고, 우리는 ANITYA라는 어휘(語彙)로써 이 모든 정황(情況)을 연상(聯想)한다. 하지만, 지명(知命)의 연령에도 닿지 못하시고 총총히 떠나가신 스승님을 두고 그 어떤 단어(單語)가 적합(適合)할 것인지, 나의 사전(辭典)은 한없이 초라한 것 같다.

학문(學問)의 변죽도 울려 보지 못한 나에게 운명은 진리의 성곽

(城郭)을 물으려 한다. 인생의 초입(初入)에 있는 풋내기에게 신(神)은 운명의 테제를 제기(提起)하고 있다.

냉연(冷然)히 주변을 돌아다 본다. 그리고는, 다시는 메꿀 수 없는 공석(空席)이 늘어 나는 것을 느끼고 엄숙(嚴肅)한 회오리바람에 휩싸이게 된다. "逝者如斯夫"라고 한 공자(孔子)의 술회(述懷)도 이런 것이었을까.

깊은 가을 밤, 네온싸인이 휘황한 서울 거리엔 소슬(蕭瑟)한 비가 내리고 있다. 나는 또 얄팍한 속성(俗性)으로 이 밤에 무엇을 말해야 하는가?

"유(劉) 선생님, 유(劉) 선생님!" 다정(多情)한 이름이다. 연희(延嬉)의 뜰에 발을 들여 놓으면서부터 무애(无涯) 선생님과 함께 가장 허물 없고 친밀(親密)한 이름으로 유(劉) 선생님을 불러 왔다. 지금도 자꾸 불러 보아 허물이 없는데, 누가 "去者日以疎"라고 했단 말인가?

학원(學園)으로 다시 돌아 오라고 진심으로 권면(勸勉)해 주시던 선생님! 고향에 묻혀 있다가 흙 묻은 손으로 늦게서야 존영(尊影) 앞에 엎드렸는데도 그저 묵묵(默默)하실 뿐이었다. 먼 하향(遐鄕)에 있었던 탓으로 부음訃音에 접(接)하고 그날로 상경(上京)했을 때는 이미 선생님의 모습은 이승에서는 찾을 수가 없었다. 사모(師母)님 앞에서 기쓰고 침착(沈着)하려던 것이 끝내 해울음이 터져 나왔다.

그러나 조용히 생각해 보니, 무척이나 천한 노릇 같았다. 선생님을 불렀댔자 대답이 없는 세상 아니냐!

"진리를 위해 죽는다는 것은 어려운 일이다. 진리를 위해 산다는 것은 더 어려운 일이다." 뷘델반트의 말인가 한다.

선생(先生)님께서는 오로지 학문밖에는 모르시던 분이었다. 교수직에 계신 지 고작 十有餘 년(年)에 <國語變遷史>, <李朝 國語史 硏究>, <李朝語 辭典> 등 주옥(珠玉) 같은 일련(一連)의 명저(名著)들을 출간(出刊)하신 것으로도 그 확실한 증좌(證左)가 된다.

'蓋棺事定'이라고 하였거니와, 국어학계(國語學界)는 한 선구적(先驅的) 권위(權威)를 잃었고, 연세(延世)는 자상(仔詳)하고 자애(慈愛)로운 큰 스승을 상실(喪失)한 것이다. "우리는 모두 인간의 대지(大地)라는 건설 공사장에서 제각기 벽돌을 쌓는 벽돌공"이라고 한 생 떽쥐뻬리의 말을 빌린다면, 선생님이야말로 불멸의 벽돌을 쌓으시고 떠나신 것이 분명하다.

어줍잖은 사람들이 학적(學的) 힐난(詰難)을 일삼을 때에는 추상(秋霜)과 같으셨으나, 범연(凡然)한 일에서는 너무도 다정다감하셨던 것으로 추억된다.

겉으로는 늘 미소를 잃지 않으셨으나, 항상 따스한 정과 짙은 서름을 내재(內在)하신 듯이 보였다.

바로 한달 전에 필자(筆者)에게 주신 글월에서 "실향(失鄕)을 하고 보니 갈곳도 없구려! 그저 실낫 같은 삶이라고나 할까."하시더니, 지금쯤 선생(先生)님의 넋이라도 관서(關西)의 하늘 가에 돌아가 계신지? "우리 고향에는 살구꽃이 유난히 많아."하시던 그 고향에 말이다.

이 비좁은 지면(紙面)에 선생님의 편모(片貌)나마 회상하는 일은 너무나 경망(輕妄)되고, 또 시기에 부적한지도 모르겠다. 어느 훗날에 보잘 것 없는 <수필집(隨筆集)>이라도 마련된다면 그때 길고 구슬픈 회모(懷抱)를 토로(吐露)할 수 있으리라고 생각한다. 다만, 이 자리를 빌어 모교(母校)에 드리고 싶은 말씀이 있다면, 우리는 좀 더 국학(國學)에 뜻을 기울려야 하지 않겠는가 하는 점이다. 그리고, 특히 국문학과(國文學科)에서 이 점에 깊은 유의(留意)가 있어야 할 줄 안다.

지금 이 시간에도 그저 명읍(嗚泣)하실 사모(師母)님의 모습을 생각할 때 가슴 아프기 짝이 없다. 삼가 스승님의 명복(冥福)과 유족(遺族) 여러분의 행운(幸運)을 빌고 싶은 마음 간절(懇切)하다.

(1966. 10)

잊을 수 없는 스승

— 국어학자 劉昌惇 교수

“지사(志士)는 비추(悲秋)”라는 명구(名句)가 있다.

우리와 같은 범연(凡然)한 사람이 어찌 지사(志士)야 될까마는, 달 밝은 밤, 귀또리 지새워 우는 서창(書窓)가에 기대어 앉았노라면 종종 그런 어색한 표정을 지을 때도 있다.

가을은 진실로 사념(思念)과 향수(鄕愁)의 계절일까?

사람들에게는 ‘바라보는 그리움’과 ‘돌아보는 그리움’이 있다고 한다. 하지만, 우리네처럼 인생의 노정(路程)을 한참 걸어 온 사람들은 아무래도 지나 온 산마루 쪽으로 고개를 자주 돌리게 되는 것이 상정(常情)이 아닐까 한다.

한편 생각해 보면, 삽상(颯爽)한 가을 아침에 들녘에 호젓이 피어 있는 한 떨기 들국화를 바라보는 심정으로 지난 날의 보석과도 같은 추억들을 반추(反芻)해 보는 것 또한 한없이 아름답고 소중한 일이 아니겠는가?

추억의 앨범을 들추다 보면 대개의 경우, 가장 먼저 떠오르는 것은 은사(恩師)들의 모습이다. “떠나버린 열차(列車)는 참 아름답다.”고 한 Baudelaire의 시구(詩句)는 아마도 이런 경우에 가장 적절한 표현이 될지 모르겠다.

대학의 문을 나선 지도 사반세기(四半世紀). 이승과 연분을 맺은 지 무릇 반세기 동안에 스쳐 간 옷소매들이야 어찌 한둘이겠는가마는, 박정(薄情)한 세상을 살아가다 보면 간헐적(間歇的)으로나마 떠오르는 얼굴이 그리 많은 것도 못된다.

공자(孔子)는 인생의 승부처(勝負處)로 세 가지를 꼽았다고 한다. 스승과 붕우(朋友), 그리고 내조자(內助者)를 두고 한 말이다. 그의 계산대로라면 나의 경우로는 최소한 34%의 평점은 확보한 셈이 된다. 참으로 과분한 ‘은사복(恩師福)’을 누려 왔기 때문이다.

스산한 먼지 바람 속으로 걸을 때마다 나는 늘 스승들의 근엄한 표정을 상기(想起)해 왔다. 그 중의 한 분이 국어학자 유창동(劉昌惇) 교수이다.

나의 대학 시절 四년(年) 동안 유(劉)교수는 줄곧 학과장직을 맡았었다. 그때, 우리 대학에는 무애(无涯, 양주동) · 외솔(최현배) · 한결(김윤경)등 당대(當代) 최고의 석학(碩學)들이 진을 치고 있었고, 뒷날 모두 사계(斯界)의 대가(大家)가 된 나손(羅孫, 김동욱) · 만우(晩牛, 박영준) · 유창돈(劉昌惇) · 연민(淵民, 이가원) · 허웅(許雄) 교수 등 기라성(綺羅星) 같은 학자들이 소장층(小壯層)을 형성하고 있었다. 지금 생각해도 경이(驚異)에 가까운, 그야말로 ‘The best golden member’ 들이었다.

유교수를 생각할 때마다 가장 먼저 떠오르는 것은 한 번도 흐트러진 적이 없는 그 단정한 외모이다. <학관(學館)> 2층 남향받이에 위치한 연구실에 항상 꽂꽂이 앉아서 카드 정리에 몰두하던 모습이 지금도 눈에 선하게 떠오른다.

또 하나 인상 깊은 것은 학문에 대한 무한한 열정이다. 유 교수는 원래 일본의 명문 대학에서 법학을 전공했었는데, 뒤늦게 국어학 연구에 투신한 것이다. 十年 남짓 대학 교수로 봉직하면서 <諺文志註解> · <國語變遷史> · <語彙史硏究> · <李朝國語史硏究> · <李朝語辭典> 등 주옥(珠玉)과 같은 명저(名著)들을 남겨 놓았다.

특히 <李朝語辭典>은 조선 시대 문헌에 나오는 한글 표기의 모든 어휘를 모아 분석하고 풀이한 고어사전(古語辭典)으로, 약 32,000의 단어에 대하여 일일이 출전을 밝힌 그 방면의 불멸의 금자탑(金字塔)이다. 또 <李朝國語史硏究>는 조선시대 국어의 변천사를 전반적으로 기술한 저서로서 풍부한 자료와 실증적 서술은 이 방면의 대표적 저서로 평가 받고 있다.

유(劉)교수를 추억할 때마다 기억나는 것은 후학(後學)들에 대한 남다른 자정(慈情)이다.

그 시절은 대부분 가난의 멍에를 벗어나지 못하고 있었다. 더구나 시골 태생인 나는 줄곧 그 궁색(窮塞)을 면할 길이 막연했었다.

그러던 어느 날, 유교수가 찾는다기에 가 보니 메모지 뭉치 비슷한 것을 쥐어 주면서 "이거 공짜로 생긴 것이니 필요할 때 쓰게!" 하는 것이었다. 학과장실을 나와서 펴보니 한달치 교수용 식권이었다. 나는 그때 멋도 모르고 여보아란 듯이 그 값비싼 식권을 아무 생각없이 사용했었다. 뒤늦게 안 일이지만, 이것은 유 교수의 봉급에서 영락없이 공제되었던 것이다.

지금도 나는 그 때 일을 생각하면 고소(苦笑)를 금치 못한다. 유 교수의 제자에 대한 정은 이토록 애틋한 바가 있었다.

졸업 후 낙향(落鄕)하여 한동안 방황을 거듭 할 때 잊지 않고 격려의 편지를 보내주곤 한 분도 유 교수였다. 타계(他界)하기 얼마 전에 보낸 사연에는 "실향(失鄕)을 하고 보니 갈 곳도 없구려! 그저 실낫같은 삶이라고나 할까?" 하는 구절이 들어 있었다. 지금에 와서 생각해 보면 이미 자신의 운명을 예견했던 것도 같다. 그의 고향은 평북 의주(義州)였다. 유 교수는 48세라는 짧은 생애를 누렸을 뿐이었다.

평탄(平坦)하지 못한 학구(學究)의 길을 걸으면서 지금도 나는 두 분의 큰 스승 — 무애(无涯) 양주동(梁柱東) 박사(博士)와 유창돈(劉昌惇) 교수(敎授)—을 한없이 그리워하고 있다.

두 분의 면모는 사뭇 대조적인 데가 있었다. 한 분은 더없이 너그러웠고, 다른 한 분은 끝없이 다정스러웠다. 앞의 분이 마냥 호방했다면 뒤의 분은 무척도 섬세했었다.

나도 어느덧 지명(知命)의 세월과 마주 앉게 되었다. 그렇지만, 아직은 '인생(人生)'이 무엇인지 잘 모르고 있다. 몇 번씩이나 황량한 들판을 가로질러 왔어도 "겨울이 오면 봄도 멀지는 않다."던 P.B.Shelly의 그런 '봄'을 만나 본 기억은 별로 없는 것 같다.

아직까지 나에게는 T.S.Eliot처럼 coffee spoon으로 인생을 잴 만한 기지(機智)도 없고, 더군다나 "왜 사느냐고 물으면 그저 빙그레

웃을 뿐"이라고 한 이백(李白)의 여유는 체득하지 못했다. 다만, "그것이 그러려니—"하고 어렴풋이 유추하면서 살아 가고 있다.

이 달밝은 밤에 새삼스럽게 Longfellow의 'Psalm of Life'나 한번 읊어 볼까?

(1991. 11)

Ⅳ. 論理의 彼岸

學 問

서양어 Philosophy, Science, Wissenschaft의 역어(譯語)인 '학문(學問)'이라는 말은 <주역(周易)>의 "君子學而聚之問以辨之"에서 유래된 것이라고 알려져 있다. Philosophy란 말은 희랍어 Phyilosopia에서 온 것으로서 일본인 학자 서주(西周, 1829~1897 A.D)가 '철학(哲學)'으로 명명(命名)했다고 알려져 있는데, 이 말은 '사랑하다'라는 의미의 Philo와 '지혜(智慧)'라는 의미의 Sopia의 합성어로서 '애지(愛智)'라는 뜻이 된다. 한편, Science는 '앎'이라는 의미인 라틴어 Scientia에서 온 것이며, Wissenschaft란 말은 '알다'라는 의미인 Wissen에서 생긴 것으로 전한다.

Aristoteles는 "사람으로 하여금 지식을 추구하게 한 것은 경이(驚異)이며, 그는 자기 주위에 놓인 문제로부터 시작하여 차츰 더 복잡한 문제로 조금씩 생각하여 나갔다."고 말한 바 있다. 어쨌든, 학문(學問)이란 사소(些少)한 문제에서 복잡한 문제에 이르는 것들에 대해 생각해 낸 기초적인 지식을 체계적으로 조직하여 하나의 통일체를 이루는 것을 지칭(指稱)한다고 하겠다.

학문의 종류를 어떻게 분류할 것인가 하는 문제는 그리 단순한 성질의 것이 아니다. 그 기준이 너무나 다양하기 때문이다. 일반적으로 대상을 중심으로 나눈다면 인문(人文) 과학, 자연(自然) 과학, 사회(社會) 과학, 응용(應用) 과학 등으로 나눌 수 있고, 윤리적(倫理的)인 관점에서 나눈다면 형이상학(形而上學)과 형이하학(形而下學)으로 대별(大別)할 수도 있을 것이다.

비교적 논리적인 분류로 평가받고 있는 Christian Walff(1679~1754, A.D)의 견해는 다음과 같다.

① 신(神)에 관한 신학(神學)
② 심령(心靈)에 관한 심리학(心理學, 생리학(生理學)도 포함)
③ 세계를 논하는 우주학(宇宙學, 물리학(物理學), 광의(廣義)의 자연과학(自然科學))
④ 본체론(本體論, ①~③은 이론 철학, ④는 이론 철학의 배경)
⑤ 인간을 다루는 학문인 윤리학(倫理學)
⑥ 가정(家庭)을 다스리는 학문인 경제학(經濟學)
⑦ 국가(國家)를 논하는 정치학(政治學)
⑧ 일반적(一般的) 실천(實踐) 철학(哲學)
⑨ 논리학(論理學, ⑤~⑦은 실천(實踐) 철학(哲學), ⑧은 실천 철학의 배경(背景) ⑨는 ①~⑧ 전체에 상관됨)

그러면 학문의 본질과 목적은 무엇인가?

현대의 모든 학문은 분과적(分科的)으로 수준(水準)이 고도(高度)로 발전되었기 때문에 순수이론적인 면과 실험적인 면이 분담(分擔)된 듯하지만, 양자(兩者)는 어디까지나 상보적(相補的)인 입장에 있다고 볼 수 있다. 다시 말하면, 학문의 본질은 객관적인 원리의 탐구와 세계성을 띤 보편 타당한 순수 논리를 추구하는 데 있다고 하겠다.

이렇게 보면 학문의 본질은 합리성合理性과 실증성(實證性)에 있다고 생각된다. 학문의 출발은 논리적인 실천과 불가분의 연관성이 있는 것은 사실이지만, 여기에 실용성이 가미(加味)되어야 할 것이다. 즉 논리적인 측면과 실용적인 측면이 동시적으로 융화(融和)되는 것이 이상적(理想的)이다.

퇴계(退溪)의 견해(見解)를 원용(援用)한다면, 전자(前者)는 '이(理)', 후자(後者)는 '기(氣)'에 해당될 수 있겠으나, Aristoteles의 말처럼 "Idea와 Matter는 (一回的)이요, 동질적(同質的)"이어야 함은 물론이다. Max Scheler(1874~1928)는 지식은 ① 종교적인 해탈지(解脫知) ② 철학적인 본질지(本質知) ③ 과학적인 능동지(能動知)로 총괄하여 삼분(三分)하고 있는데, 이러한 지식을 통합하고 승화(昇華)시키는 데에 학문의 본질이 있는 것이다.

그러면 학문의 구경적(究竟的)인 목적은 무엇인가?

그것은 영원(永遠)의 모색(摸索) 곧 구원(久遠)한 진리를 탐구하는 데 있다. "당신의 책을 화란(和蘭) 왕(王)에게 바치면 지위와 명예를 주겠다."고 한 관리의 말에 "내 책은 다만 진리 앞에 바칠 뿐"이라고 응수(應酬)했다는 Spinoza(1632~1677)의 말은 학문의 궁극적인 목적을 상징적으로 표현한 잠언(箴言)이라고 하겠다.

학문과 현실의 관계는 어떻게 설정되어야 할 것인가?

"영원은 그림자와 같아서 성급히 뒤돌아보면 달아나 버리나 묵

묵히 정진(精進)하면 찾겨진다."고 한 Karl Barth(186~1967)의 말은 진리를 찾는 자세가 구도(求道)의 그것과 흡사(恰似)해야 함을 잘 표현해 주고 있다. 학구(學究)의 어려움을 (退溪)는 이렇게 술회(述懷)하고 있다.

> 우부(愚夫)도 알며 하거니 긔 아니 쉬운가
> 성인(聖人)도 못다 하시니 긔 아니 어려운가
> 쉽거나 어렵거나 중에 늙는 줄을 몰라라.

학문의 길은 진리를 탐구하는 길이라고 말하기는 쉽지만, 학구(學究)의 길은 더할 수 없는 형극(荊棘)의 길이다. "조문도(朝聞道)면 석사가의(夕死可矣)라" 한 공부자(孔夫子)의 말에서 우리는 숙연(肅然)한 표정을 짓지 않을 수 없다.

학문의 발달사를 얼핏 본다면 형이상학(形而上學)에서 형이하학(形而下學)으로 그 관심이 옮겨 온 듯이 보인다. 더구나, 문화가 문명에 형식(侵蝕)되어 가고 있는 현대에 있어서는 윤리적인 방향은 실용적인 방향 앞에 거의 무기력한 듯한 인상마저 풍겨 주고 있다. 여기에서 현실의 문제가 제기(提起)되는 것이다.

현실이라는 개념은 흔히 이상(理想)이나 당위(當爲)와 상대적인 개념으로 받아 들여지고 있다. 현실과 진실의 공약수(公約數)를 도출(導出)하는 데에 학문의 고충(苦衷)이 있고, 또한 학자들의 고뇌(煩惱)가 있다. 현실이라는 각박(刻薄)한 야누스 앞에서 학자들은 때로는 초조한 모습으로 그 의미를 심각하게 음미(吟味)해야 하기 때문에, 인고(忍苦)의 미덕(美德)을 숙명적으로 체득(體得)해야 하는 것이다.

"학문에는 국경이 없으되 학자에게는 조국이 있다."는 말은 지난날 정신사(精神史)의 뒷켠에 침몰해 있던 견기주의(見機主義) 학파(學派)들이 오히려 산림학파(山林學派)를 젖히고 활발하게 부각(浮刻)되고 있는 오늘의 한국적 상황에 묘한 시사(示唆)를 던져 주고 있는 것 같다.

학자는 Star도 아니요, Hero여서도 안 된다. 그러기에, 화려한 듯하지만 자못 변덕스러운 현실이라는 무대에서 어설픈 mannerism을 시도해서는 더욱 안 된다. "우리는 왕후장상(王侯將相) 앞에서는 무릎을 꿇는 것이 좋다. 그러나 알케메데스 앞에서는 고개를 숙여야 한다."고 한 빠스칼의 말은 메피스트와도 같은 현실 앞에 서야 하는 학자들에게 주는 사자후(獅子吼)이다.

학자들에게는 진리의 탐구만이 α요 ω이다. β와 같은 현실 앞에 방황하는 지식의 연금술사(鍊金術師)가 아닌, 초고(超高)와 이상(理想)의 파수병(把守兵)이 아니면 안 될 것이다.

(1980. 12)

窮乏한 時代의 知識人의 試鍊

— 林椿을 中心으로

1

'한국 문학사'를 서술함에 있어서 문학사가들은 두 번의 '암흑기(暗黑期)'를 설정하고 있다. 갑오경장(1894)을 기점으로 한 현대 문학사에 있어서는 일찍이 신석정(辛夕汀)이 그의 '슬픈 구도(構圖)'에서

꽃 한 송이 피어 낼 지구도 없고
새 한 마리 울어 줄 지구도 없고
노루 새끼 한 마리 뛰어 다닐 지구도 없다.

나와
밤과
무수한 별 뿐이로다.

라고 개탄해 마지 않았던 '일제 강점기'가 그 하나이고, 다른 한 시기는 고전 문학사에서 흔히 "대부분의 문사들이 무신들의 압객(狎

客)으로 전락해서 이사(頤使) 당했다."고 기술하고 있는 고려 중기의 이른바 '무신(武臣) 집정기(執政期)'가 바로 그 시대이다.

전자가 외환(外患)에서 연유된 것이었다면, 후자는 내우(內憂)에서 비롯된 것이라고 할 수 있다. 그래서 우리는 후자의 경우를 더욱 유의(留意)하고 있는 것인 지도 모른다.

무신들의 집권은 두 번에 걸친 반란에 의해서 이루어졌다.

주지하는 바와 같이, 무신의 난을 유발시켰던 의종(毅宗)은 고려조의 어느 왕들보다도 문학(文弱)했던 혼정(昏政)의 장본인이었다.

등극(登極) 초기에는 어느 정도 선정(善政)을 베푸는 듯했으나, 곧 이어 벽신(嬖臣)·환자(宦者)·궁인(宮人)·술객(術客)과 경박한 문신배들에게 둘러 싸여서 주색과 유흥에 탐닉한 나머지, 국사는 뒷켠으로 돌려 놓았다. 그래서 정치는 탁란(濁亂)해지고, 사회의 기강은 무너져 버렸으며, 문신들의 횡포가 극에 달하였고, 민생은 도탄에 빠져 들었다.

이러한 상황에서 동왕(同王) 24년(1170년, 경인년) 8월에 왕이 보현원(普賢院)에 거동한 기회를 이용하여 이의방(李義方)·이고(李高)의 발의(發議)와 정중부(鄭仲夫)의 주도로 소위 '경인의 난'이 일어나기에 이르렀다.

이때 이의방 등이 "무릇 문신의 관을 쓴 자는 비록 서리라 하더라도 씨를 남기지 말게 하라."고 외쳐대니, 군졸들이 벌떼처럼 일어나 현장에서 수많은 문관과 대소 신료(臣僚)들이 무참하게 살해되었다. <고려사>에는 그때의 참상에 대해서 "쌓인 시체가 산과 같았다."고 기록되어 있다.

무신의 난 직후에 문신 학살을 가장 잔인하게 자행한 자들은 이고·이의방이었다. 이자들은 문신을 죽이고, 그들의 집까지도 부셔 버려서, 같은 무신들 간에도 크게 반발하고 나섰다.

명종(明宗) 3년(1173년, 계사년)에 동북면 병마사 김보당(金甫當)이 정중부·이의방 등을 토벌하고 폐출(廢黜)된 의종을 복위시킨다는 명분으로 반란을 일으켰다. 보당은 처음에는 정중부 무리에 동참했었으나, 그들의 만행을 더 이상 참을 수 없었던 것이다.

그러나 보당의 무리는 참패해서 저자에 끌려 나와 참혹한 죽음을 당하였다. 보당이 고문에 견디지 못해서 "무릇 문신치고 누가 이 꾀에 참여하지 아니 하였겠는가?" 하고 무고함으로써 문신들은 다시 큰 참화를 입게 되고, 경주에 귀양 가 있던 의종마저 비극적인 최후를 맞게 되었다.

이것이 이른바 '계사의 난'이다.

사가들은 두 번에 걸친 무신의 난을 약칭해서 '경계지란(庚癸之亂)'이라고 부르고 있다.

이렇게 해서 한 세기에 걸친 무신들의 집정기가 시작되었던 것이다.

'정중부의 난'이 발생하게 된 배경에 대해서는 다양한 견해들이 제시되어 있지만, 문무간의 격심한 차별 대우가 가장 큰 요인이 되었다는 데에는 공통된 견해를 보이고 있는 것 같다. 고려 시대의 무반에는 대부분 농민 출신인 군인이 등용되었으므로, 상대적으로 문반이 존숭되고 우대된 것은 당연한 결과라고 생각된다.

어쨌든 무신들이 문신들로부터 당했던 피해와 수모는 그 도가 지나쳤던 것 같다. 연소한 문신 김돈중(金敦中)이 고령인 정중부의 수염을 촛불로 태웠던 일이나, 대장군 이소응(李紹膺)이 젊은 한뢰(韓賴)에게 뺨을 얻어 맞은 사건 등이 그 단적인 예가 된다.

특히 후자의 사건은 무신의 난을 촉발시킨 직접적인 도화선이 되었다.

2

한 국가나 민족의 명운(命運)을 선도 해 가는 원동력이 어떤 부류의 인물인가에 대해서는 시간과 처소에 따라 서로 다른 견해가 있을 수 있다. 그러나 도도한 역사의 대하(大河) 속에서 지식인들의 위치는 항상 그 중추권에 근접되어 있다는 사실에 반론을 제기하는 사람은 아마 별로 많지 않을 것이다.

지식인들에게 부과된 책무가 중차대한 소이가 여기에 있다고 본다. 자연계에 명암이 공존하듯이 '역사'라는 이름의 드라마에도 성쇠는 뒤따르게 마련이다. 따라서, 역사의 주역인 지식인들에게 영욕이 수시로 교차되는 것은 필연적인 현상이라고 할 수 있다.

무신 정권기의 지식인들은 더없이 암울하고 척박했던 시대를 각자의 입장과 상황에 따라 정권에 임하는 태도를 달리 해 가며 살아가고 있었다.

몇 차례의 정권 교체에도 불구하고 계속해서 고위 관직을 유지했던 문신이 있었는가 하면, 몰락한 문인의 자존심을 지키면서 살던 인물도 있었고, 세태에 맞게 자신의 가치관을 변화시켜 가면서 현실에 적응하던 인사들도 있었다.

어느 면에서나 이들은 지식인으로서의 책임과 의식을 거의 상실한 채 가까스로 생을 영위해 나갔다고 볼 수 있다.

무인 집권기에 있어서 문인, 지식인의 동향에 대해서 이우성(李佑成)은 네 개의 유형을 설정한 바 있다.

① 정중부의 난 초에 진작 도피하여 중이 되어서 명산을 유랑하거나, 일정한 곳에 안주하여 일생을 보낸 이들 : 신준(神駿), 오생(悟生)
② 정중부 난 초기에 멀리 피신했거나 지방에서 유학을 닦으면서 처사 생활로 일생을 보낸 이들 : 권돈례(權敦禮)
③ 정중부의 난 초에 피신했다가 얼마 후 다시 개경(開京)에 복귀하여 관직을 구했으나 여의치 못해 일생을 불우하게 보낸 이들 : 임춘(林椿)
④ 정중부 난 이후 얼마 안 되어 과거(科擧)로 발신(發身)했다가 최씨 집권 이후에 등용되어 '최씨의 문객'이라는 평을 들은 이들 : 이인로(李仁老), 이규보(李奎報)

몸은 어디에 있든, 이들 지식인들에게는 한결같이 냉혹하고 암울한 시대를 참고 살아야 했던 공통점이 있었으며, 그러기에 그들만이 지녔던 시대고와 내면적 갈등을 겪었으리라는 추측은 가능하리라고 본다.

이들 문사들이 본 당시의 사회상은 부정적인 면이 더욱 강조되었던 듯하다. 그 어느 시대보다도 혼탁한 사회요, 뇌물 만능의 사회라고 생각했던 것이다. 일반 백성들은 쌀밥을 먹지 못하도록 국령으로써 엄격히 규제하면서도, 부호들의 집에서는 가축들에게도 쌀밥을 주는 사회적 비리가 지적되기도 했었다. 명종(明宗) 11년(1181년)에 990여명의 탐관오리가 적발되었다는 사서(史書)의 기록은 이를 뒷받침해 준다고 하겠다.

무신의 난 이전의 고관 대작들은 향락과 사치를 일삼았지만, 무신 집정기의 지배자들은 부패와 패륜을 일삼았던 것이다.

이 시대의 지식인들의 비극은 바로 여기에서 비롯된 것들이었다.

이 궁핍한 시대에 최대의 무고(無辜)한 피해자는 입춘(林椿)이었다. 서하(西河) 임춘은 백면(白面) 서생(書生)에 지나지 않았으나, 그가 무신 정권으로부터 당한 핍박과 시련은 강호(强豪)·현관(顯官)을 훨씬 넘어서는 것이었기 때문이다.

임춘과 더불어 또 한 사람의 무고한 희생자는 덕전(德全) 오세재(吳世才)였다.

3

임춘(林椿)의 자(字)는 기지(耆之), 호는 서하(西河)이며, 양양(襄陽, 경북(慶北) 예천(醴泉))인(人)이다.

그의 생몰(生沒) 연대에 관해서는 아직까지 분명하게 밝혀 진 바가 없다. 다만 그가 깊숙히 관여했던 '죽림고회(竹林高會)' 인사들의 연령 및 교유 관계, <서하집(西河集)>을 비롯한 몇 개의 방증적인 기록들을 종합해 볼 때 의종조(제위 : 1146~1170)에 출생해서 명종조(제위 : 1170~1197)에 사거한 것이 아닌가 하고 유추할 수 있을 뿐이다.

임춘과 가장 절친한 친우였던 이인로(李仁老, 1152~1220)가 쓴 '제문(祭文)'에 따르면 그는 30세에 요절한 것으로 되어 있다. 그러나 현재 국문학계에서는 40세 전후해서 사거(死去)했다는 설이 가장 유력한 실정이다.

즉 의종(毅宗) 6, 7년(1152~1153)에 태어나서 명종(明宗) 20년대초(1190)에 타계(他界)했으리라는 것이다.(필자가 최근에 찾아 낸 자료에 의한다면 45세 전후에 서거한 것 같다.)

그 무렵의 무신 정권의 세력 변동 양상을 보면 ① 정중부 난 직후의 연합 세력기(1170) ② 이의방의 세력 장악기(1170~1174) ③ 정중부의 세력 장악기(1175~1179) ④ 경대승(慶大升)의 세력 장악기(1179~1183) ⑤ 이의민(李義旼)의 세력 장악기(1183~1196)로 이어져 갔다.

이렇게 보면, 임춘은 실정과 향락으로 점철되었던 비운의 군주인 의종조에 생을 받아서, 살벌하고 암담했던 무인 정권 초기에 청·장년기를 보내고, 곧장 생을 마감했다고 할 수 있다.

여러 가지 자료를 종합해 볼 때 임춘이 명문의 후예임은 의심의 여지가 없다 하겠다. 그 자신이 쓴 각종 시(詩)·서(書)·계(啓) 등과 신석희(申錫禧)가 찬한 '행장'에 따른다면, 그의 시조인 팔급(八汲)은 당나라에서 신라로 건너 와서 경순왕(敬順王) 때에 높은 벼슬을 하였고, 전공도 세웠으며, 고려의 건국에도 공이 컸었다. 그래서 태조(太祖)가 철권(鐵券)을 내리고 영구히 토지를 주어서 후손들에게 세습되었다고 한다.

육대조는 광록대부(光祿大夫) 보안군(保安君)이 되었고, 증조부는 윤관(尹瓘)과 더불어 여진족을 토벌했으며, 조부는 평장사(平章事)를 지냈다.

부친 대에 이르러 삼형제가 모두 문장가로 명성을 날렸고, 명신(名臣)으로 당대의 칭송을 받았다고 한다.

이러한 여건으로 미루어 볼 때 임춘의 초년기는 비교적 유여한 가운데 지냈던 것 같다.

어린 나이로 백가서(百家書)를 두루 읽어 이해가 깊었고, 성장해서는 유학과 음양에 관한 저서도 낼만큼 재능도 탁월했던 것 같다.

정중부의 난이 일어나자 임춘의 가세는 졸지(猝地)에 기울어지고 말았다. 그래서, 이 몇해 동안은 빈곤과 냉대 속에서 생활해야만 했다. 이인로·오세재 등과 함께 '죽림고회'를 결성하고, 친선 도모와 권토중래(捲土重來)를 다짐했던 것도 바로 이 시기였을 것이다.

김보당이 일으킨 의종 복위 운동이 실패로 돌아 가고 문신들에 대한 두 번째의 잔인한 살상이 자행되자, 위기 의식을 느낀 그는 더 이상 개경에 머무를 수가 없었던 것으로 보인다.

그래서 생명의 보전과 호구지책(糊口之策)을 강구하기 위해서 1174년 여름에 서울을 떠나 기약없이 유락(流落)의 길로 들어 섰던 것이다. 이때의 곤고했던 모습은 그의 대표작의 하나로 꼽히는 '장검행(杖劍行)'에 잘 나타나 있다.

…(前略)…
況有狂風吹　　하물며 광풍(狂風)이 몰아 쳐서
波濤搖四海　　파도가 온 세상을 뒤흔들었네
蛟龍魚鼈皆未安　교룡과 어별이 모두 불안해서

出穴動蕩失所在　굴에서 나와 동요하다가 살 곳을 잃었지
時無豪傑士　그 때는 호방하고 걸출한 선비 없었으니
誰赴功名會　누가 공명을 세울 수 있었으랴
嗟哉我若匏瓜繫　아, 나는 매달린 바가지와 같아서
揮斥難窮八極外　어렵고 곤궁한 팔극(八極) 밖으로 쫓겨 났었네
…(後略)…

이 무렵에 이인로는 삭발한 채 중이 되었고, 여타의 죽림고회 친구들도 산지사방(散之四方)으로 흩어져 버렸다.

식솔을 이끌고 강남(江南)으로 이주해 온 임춘은 개령(開寧, 현 경북(慶北) 금릉군(金陵郡) 개령면(開寧面))에서 땅뙈기를 얻어 농사를 지으면서 간신히 연명해 나갔다.

이때의 비감한 심정은 '重遊尙州寄人'에 잘 나타나 있다.

…(前略)…
客久家何在　오랜 나그네 생활에 집은 어디뇨
天寒路更遙　날씨는 차갑고 길은 멀기만 하네
年華容易去　세월은 쉽게도 흘러 가고
萍迹等閑瓢　부평초 같은 발길 한가롭게 떠도네
落葉驚羈旅　지는 잎에 나그네 마음 놀라고
孤砧伴寂寥　외로운 다듬이 소리 적막감만 돋구네
悲吟懷往事　슬피 읊으며 지난 일 생각하고
獨臥負良宵　홀로 누워서 좋은 밤 신세 지네
裘薄嫌風多　외투는 얇아 바람 부는 저녁 싫고
窓明怯雪朝　창문 밝으면 눈 내리는 아침이 두렵네
…(後略)…

이 시(詩)에는 나그네의 서름, 무상한 세월에 대한 초조감이 겨울 밤의 고독을 심화시켜 주고 있다.

1180년을 전후해서 이인로(李仁老)·오세재(吳世才)·황보항(皇甫抗) 등이 급제했다는 소식을 듣고 임춘은 다시 서울로 돌아 왔다.

환로(宦路)에 대한 비원을 간직한 채 개경(開京)을 다시 찾았을 때 그의 주변에는 병든 처와 과부가 된 초췌한 누이가 있었을 뿐, 조상들로부터 물려 받은 공음전(功蔭田)마저 무인들에게 빼앗겨 버렸다. 이 때의 참담한 정황에 대해 이인로는 "기지(耆之)가 강남으로 피란한 지 십여년 만에 병든 처를 데리고 서울로 돌아 왔으나, 그에게는 송곳을 꽂을 땅마저 없었다."고 증언해 주고 있다. 벼슬도 띠지 않은 일개 문사, 더구나 개국 공신의 후손인 그가 무인정권으로부터 이토록 혹독한 박해를 받은 까닭은 무엇일까?

이인로는 '제문(祭文)'에서

> 슬프다! 세상에서는 모두 공을 거만하고 말이 거칠어 굽히지 않으며, 재기를 믿고 사물을 업신여겼다 하나 이것은 다만 흰 구슬에 생긴 조그마한 흠일 뿐이니, 어찌 근심할 만한 것이겠습니까?(嗚呼 世皆謂公高視不 硬喙莫屈 恃氣傲物 此特白璧之有蟣缺 何足恤哉)

하고 변호하고 있지만, 세인(世人)들은 그의 언행을 '방광(放曠)'·'소광(疏狂)'으로 몰아쳐서 멸시했던 것 같다.

임춘은 자신이 외강내유형(外剛內柔型)의 '온건한 인간'이라고 믿어온 터에 세론이 그를 지나치게 비판하자 "다만 내 한평생 마칠 때까지 비록 후회가 되더라도 입을 다물겠네."하고 낭패한 심정을 이인로에게 털어 놓기도 했다.

어쨌든 임춘이 관계(官界) 진출을 꾀한 것은 '입신행도(立身行道)'라는 유가적 명분과 생계 유지라는 측면도 있었지만, 그보다는 출신 가문에 대한 사명감 때문이었을 것으로 추단된다. 이것은 당시 문사들의 공통된 의식이었을 것이다.

임춘은 세 번씩이나 과거에 응시했으나 번번이 낙방했고, 다급한 나머지 요로에 진정해서 "뒷간을 치우는 일"이라도 구하려 했으나 모든 일이 수포로 돌아가고 말았다.

마침내 그는 자신이 끝내 쓰이지 못한다는 사실을 깨닫고 얼마 뒤 개경을 떠났다. 이 무렵의 좌절과 체념, 비애와 낙백(落魄)의 심정을 토로(吐露)한 시(詩)가 바로 '復次前韻寄鷄林朴先生仁碩'이다.

役役塵寰萬事違　세상 일에 골몰했지만 만사가 다 틀려
飜漿白汗歎空揮　맑은 땀 흘리며 괜히 휘젓던 일 한탄스럽네
欲專一壑開茹揀　한 산골 소유하여 초가집 짓고
須卜此隣往翠微　가까이 이웃하여 청산에서 살고 싶네

그래서 경기도 장단(長湍) 감악산(紺嶽山) 산자락을 얻어 초려(草廬) 한간을 짓고 은거하다가 정한(情恨)으로 멍울진 생애를 마감하고 말았다.

철학자 뤼시앙 골드만은 그의 명저(名著) <숨어있는 신(神)>에서 세상이 온통 거짓과 부패 속에 빠져 있을 때 인간은 현실에 굽히고 들어 가는 것 외에 세 가지 방법으로 처신할 수 있다고 하였다.

하나는 거짓된 세상을 버리고 세상의 저 너머에 존재하는 초월적인 현실 속에 은거하는 것이며, 다른 하나는 세상을 진실된 것으로 뜯어 고치기 위해 현실 속에서 행동하는 것이다.

그러나 이 후자의 경우, 현실과 진실의 거리가 도저히 건너 뛸 수 없는 심연(深淵)에 의하여 단절되었다면 어떻게 할 것인가? 이때에 있을 수 있는 제3의 태도가 비극적 태도이다. 진실의 관점에서는 세상을 완전히 거부하나, 현실의 관점에서는 그것을 완전히 수용하는 태도이다.

임춘(林椿)의 비극은 주로 이 '제3의 태도'를 극복하지 못한 데서 비롯되었다고 생각한다.

(1998. 12)

〈人生雜記〉에 나타난 主題와 內在意識의 葛藤

1. 서 론(序 論)

흔히 수필(隨筆)을 가리켜 '고백(告白)의 문학(文學)'이라고 일컬어 왔다.

어느 장르의 문학 작품이라도 대개는 작자의 내면 세계가 표출(表出)되게 마련이지만, 수필만큼 그 의표(意表)가 구체적으로 나타나는 경우도 드물 것이다. 수필의 존재(存在) 의의(意義)가 바로 여기에 있다 할 것이다.

문학의 다른 분야와 마찬가지로 수필의 개념에 대해서도 다양한 견해가 제시되어 있다.

최강현은 수필의 개념에 대하여

> 역사적 관습으로 고정된 문학 양식(樣式)인 시(詩)·소설(小說)·희곡(戱曲)의 3분류에 들지 않는 ①자유로운 양식에 ②지은이의 개성을 들어 내되 ③재치와 익살을 ④품위(品位) 있는 문장 ⑤분

랑(分量)에 구애(拘碍)되지 않는 글들[1]

이라고 규정하고 있다.

그는 이어서 수필의 동양적 개념에 언급하여

> 어떤 문장 형식에 묶이지 않고 보고, 듣고, 느끼고, 잊지 않고 싶은 것, 체험한 것 등을 생각나는 대로 쓴 창작성(creative)과 상상성(想像性, imaginative) 및 사실성(寫實性, reality)이 복합(複合)되어있는 글, 또는 그러한 작품집(作品集)[2]

이라고 한 뒤에, 수필의 서양적 개념에 대해서는

> 어떠한 특수한 주제나 또는 한 주제에 대하여 알맞은 길이의 분량에 마음 속에 숨어 있는 사상, 기분, 느낌 등을 불규칙적이고, 무형식적이며, 잘 다듬어지지 않은 비격식(非格式)의 글로 표현하고 있다.[3]

고 하였다.

최강현이 언급한 일련의 개념 규정은 다소 경직(硬直)된 면(面)이 있기는 하지만, 나름대로 제가(諸家)들의 소견(所見)을 두루 참작(參酌)한 구체적인 논지(論旨)라고 할 수 있을 것이다.

---

1) 최강현, 한국 수필문학 신강(서광학술자료사, 1994), p.25.
2) 최강현, 上揭書, p.13.
3) 최강현, 前揭書, p.14.

주지(周知)하다시피 서구(西歐)문학론에서는 수필은 '중수필(重隨筆)'(essay)과 '경수필(輕隨筆)'(miscellany)로 구분하고 있다. 전자(前者)에는 어느 정도 지적(知的)이고 객관적이며, 사회적·논리적 성격을 띠는 소논문(小論文) 등이 포함되며, 후자(後者)에는 신변잡기, 즉 감성적이며, 개인의 정서적 특성을 지니는 좁은 의미의 수필이 여기에 포함된다고 할 수 있다.4)

수필에 대한 보다 구체적이고 평이(平易)한 조연현(趙演鉉)의 설명을 들어 보기로 한다.

> 우리말의 수필은 영어의 miscellany와 essay에 해당되는 말로서 이 두가지의 뜻을 다 가진다. 즉 전자는 그대로 수필이란 말이요, 후자는 보통 '에세이'라고 그대로 불리우는 것으로서 소논문·소논 설 같은 성격을 띤 것이다. 그러므로 전자의 의미에 있어서의 수필의 내용은 보통의 감상문(感想文)으로부터 잡다(雜多)한 신변(身邊) 잡기(雜記)에까지 이르며, 후자의 의미에 있어서의 수필은 철학적인 격언 과 단편적인 소논문 같은 것을 지칭(指稱)하는 것이 된다. 그러나 수필이라는 일반적인 개념은 물론 이 두가지 뜻을 다 포함한 것이다.5)

수필 작품 중에는 앞의 분류 기준에 쉽게 적용시킬 수 있는 것들도 있지만, 개중(個中)에는 양자(兩者)의 성격을 공유하고 있거나, 또는 명백한 구분이 어려운 작품들도 상당수(相當數) 있게 마련이다.

일반적으로 지적되고 있는 수필의 특질로는 ① 산문 문장 ② 자

---

4) 金容稷, 文藝批評用語事典 (探求堂, 1989) p.142.
5) 趙演鉉, 文學槪論 (人間社, 1957) p.71.

유로운 형식 ③ 자유로운 주제 ④ 내면 세계의 자유로운 표출 등이 있다. 여기에다 성격상의 특질을 덧붙인다면 비전문적, 주정적 고백 문학이라고도 할 수 있을 것이다.

한국 현대 수필 문학사에서 본격적인 작품으로 최남선(崔南善)의 '白頭山 覲參記'(1926) · '尋春巡禮' (1926)를 그 기점(起點)으로 잡고 있는 데에는 대체로 동의(同意)하고 있는 것 같다.[6)]

통보(通說)에서는 1970年代를 하한선(下限線)으로 잡고, 한국 현대 수필 문학의 발전 단계를 삼기(三期)로 구분하고 있음을 본다. 즉 ① 초창기(1910~1920年代) ② 정립기(1930~1940年代) ③ 발전기(광복(光復) 이후(以後)~1970年代) 등의 구분이 그것이다.[7)]

초창기의 특징으로는 수필을 '여기(餘技)' 정도로 생각했다는 점, 서사적 수필이나 기행문적 수필이 주류를 이루고 있다는 점 등을 들 수 있으며, 이 시기의 대표적인 수필가로는 최남선(崔南善) · 이광수(李光洙) · 민태원(閔泰瑗) 등을 들 수 있다.

정립기의 특징을 꼽는다면, 수필 문학의 이론이 소개되고, 전문적인 수필가들이 출현했는가 하면, 서정적이고 사색적인 수필이 주류를 형성했다는 점 등을 지적할 수 있을 것이다. 이 시기의 대표적인 수필가로는 김진섭(金晋燮), 이효석(李孝石), 이양하(李敭河) 등을 거명(擧名)할 수 있을 것이다.

---

6) 趙演鉉, 韓國現代文學史 (人間社, 1968) p.639.

7) 한국 문학사 개관(어문각, 1988)에서 오창익은 ① 전환기(1895~1907) ② 태동기(1908~1919) ③ 병립 · 상승기(1920~1929) ④ 형성기(1930~1945) ⑤ 8 · 15이후의 수필(1946~1965) ⑥ 성장기(1966~1985) 등으로 구분하기도 하였다.

끝으로 발전기의 특징을 보면, 격동기를 거치는 동안 변화된 의식 구조로 시대상을 비판하거나, 자의식(自意識)을 발견하려는 노력이 배가(倍加)되고, 본격적인 수필집이 많이 간행(刊行)되었다는 점 등을 들 수 있을 것이다. 이 시기의 대표적인 수필가로는 한흑구(韓黑鷗), 김소운(金素雲), 윤오영(尹五榮) 등을 꼽을 수 있겠다.

한국 현대 수필 문학사에서 김진섭(金晉燮)의 <生活人의 哲學>(宣文社, 1948)을 한 정점(頂點)으로 삼는 데는 별다른 반론(反論)이 없는 모양이다.

세간(世間)에는 김진섭을 필두(筆頭)로 소위(所謂) '오대(五大) 수필가(隨筆家)'니 '칠대(七大) 수필가(隨筆家)'니 하는 애창어(愛稱語)(?)가 한동안 통용(通用)되기도 하였다. 수필가로서의 무애(无涯, 梁柱東 博士의 雅號)의 명성(名聲)도 이들 반열(班列)에 오르내리곤 하였다.

무애(无涯)에게 붙여진 관어(冠語)는 참으로 다채(多彩)·다양(多樣)하기 짝이 없으니, 국어국문학자(國語國文學者), 영문학자(英文學者), 한학자(漢學者), 시인(詩人), 문학평론가(文學評論家), 수필가(隨筆家), 번역문학가(飜譯文學家), 논쟁(論客)……. 그 어느 것에도 해당되기 때문이다.

무애(无涯)는 그의 도저(到底)한 학문(學問)으로 해서 문인(文人)으로보다는 학자(學者)로, 특히 국어국문학자(國語國文學者)로 드높이 칭송되어 왔다. 실제로 그가 남기고 간 종횡무진(縱橫無盡)한 업적 가운데서도 이 분야가 상대적으로 볼 때 가장 돋보이는 것도 사실일 것이다. 그는 향가(鄕歌) 해독(解讀)과 여요(麗謠) 강해(講

解)에다 인생의 황금기에 혼신(渾身)의 열정을 경주(傾注)한 바 있기 때문이다.

무애(无涯) 연구(硏究)에 관한 서지(書誌)에 따른다면, 실제로 국어학자(國語學者) 내지(乃至) 주석학자(註釋學者)로서의 논의(論議)가 주종(主宗)을 이루고 있음을 알 수 있다.[8] 그 다음으로는 문학평론가(文學評論家), 시인(詩人)의 관점에서 많은 연구가 진행되어 왔다.[9]

이에 비해서 수필가로서의 무애(无涯)에 대한 논의(論議)는 영성(零星)하기 짝이 없다.[10]

그렇지만, 무애(无涯)에게 있어서 수필은 다른 어느 장르 못지않게 소중한 영역이라고 할 수 있다.

<梁柱東全集 12>에 따른다면, 최초의 수필인 "교육(敎育)을 개량(改良)하라", <동아일보>(1922. 11.13~19)에서 최후의 수필인 "에필로그", <한국일보>(1974. 10. 5)에 이르는 작품은 무려 331편에 달하고 있으며, 창작 기간도 50년을 넘고 있다.

출전(出典) 별(別) 작품 수는 다음과 같다.(일부 중복된 작품도 있음)

---

8) 金完鎭, 한국어 연구의 발자취I('서울대출판부, 1985)을 비롯하여 김영배, 고영근, 최세화, 최승호 등 多數의 논문이 있다.

9) 權寧珉, "個性은 藝術的 人格인가-梁柱東의 折衷主義 文學論 批判-", 小說文學 84號(小說文學社, 1982.11), 김선학, "양주동 시 연구 서설". 東嶽語文論集 17輯 동악어문학회, 1983)을 비롯한 많은 논문들이 있다.

10) 蔡洙永, "양주동의 수필 세계", 양주동 연구(민음사, 1991)가 거의 唯一한 예라고 할 수 있다.

① 无涯詩文選(耕文社, 1959) : 25편
② 文酒半生記 (新太陽社, 1959) : 94편
③ 人生雜記(探求堂, 1962) : 59편
④ 知性의 廣場(探求堂, 1969) : 58편
⑤ 梁柱東全集 12(東國大出版部, 1995) : 95편

무애(无涯) 수필에 대한 본격적인 논의가 필요한 배경과 근거는 대략 다음과 같다고 생각한다.

① 창작된 작품(作品)이 상당수(相當數)에 달(達)한다는 점
② 무애(无涯) 자신이 수필을 생활의 한 반려(伴侶)로 생각했다는 점
③ 그의 인생 역정(歷程)과 품성(品性)이 작품상(作品上)에 소상(昭詳)하게 나타나 있다는 점

이제 필자(筆者)는 <人生雜記>에 실려 있는 작품들을 중심으로 해서 주제(主題)를 조감(鳥瞰)해 보고, 이들 수필을 관류(貫流)하고 있는 내면 세계의 갈등의 양상, 즉 무애(无涯)의 이상과, 그 이상이 굴절(掘折)된 좌절(挫折)의 모습을 점묘(點描) 형식으로 고찰해 보고자 한다.

그는 여러번 수필집을 출간(出刊)한 바 있으나, <人生雜記>가 가장 대표적인 수필집이라고 생각한다.

따라서 본고(本稿)는 무애(无涯) 수필 전반을 논의(論議)하기 위한 일차적인 단계의 의미를 갖는다고 할 수 있다. 또한 <人生雜記>가 그의 수필에 있어서 대표성을 지니고 있는 만큼, 무애(无涯) 수필

의 한 단면을 조명(照明)해 보는 작업의 성격도 동시에 지닌다고 할 수 있을 것이다.

<人生雜記> '후기(後記)'의 일부를 인용해 보기로 한다.

> '정원기(情怨記)'는 내 글 중에서도 가장 다정·다감(多感)한 필치(筆致)의 문자(文字)들. I에서는 내 향리(鄕里)와 육친(肉親)들을, II에서는 나의 청춘의 낭만(浪漫)과 감격, 허랑과 방달(放達), 내지 그 눈물·꿈 등 정한(情恨)을 읊조린, 내 글 중에 가장 달콤한 '멋'과 회상기(回想記)들.[11)]

여기서 '낭만(浪漫)'·'감격'·'꿈'·'정(情)' 등은 이상(理想)과 가까운 정서의 목록들이라 할 수 있고, '허랑'·'방달(放達)'·'눈물'·'한(恨)' 등은 좌절(挫折)에 근접한 정서들이라고 할 수 있을 듯하다.

이런 다양한 정서들이 실제의 작품을 통해서 어떤 양상으로 표출되고 있는지를 고찰해 본다는 것은 무애(无涯) 수필의 본령에 접근해 갈 수 있는 한 방법이 될 수 있다고 생각된다.

정진권(鄭震權)은 수필의 범위와 대상을 말하는 가운데

> 그 하나는 논설, 일기, 서간(書簡), 기행문, 교우록(交友錄, 회상기) 등을 제외한다는 것이요, 다른 하나는 비교적 서사적(敍事的)인 것을 염두(念頭)에 둔다는 것이다.[12)]

---

11) 梁柱東, 人生雜記(探求堂, 1962) P.373, '後記'條.
12) 鄭震權, 韓國 隨筆文學 硏究(新亞出版社, 1996), p.18.

라고 하여 수필의 범위에 대한 통념(通念)과는 다소(多少) 다른 견해를 보이고 있다. 논설이야 물론 수필의 범주에 들 수 없지만, 기타는 다 수필의 영역에 포함된다고 보는 것이 지금까지의 통설이라고 하겠다. 다만 200×10 내외(內外)의 비교적 짧은 글들을 주로 '수필'이라고 하고, 수십매(數十枚)를 넘거나 심지어 기백매(幾百枚)에 이르는 장문(長文, 예를 들면 모윤숙(毛允淑)의 <렌의 哀歌>)의 글들은 편의상 '수상(隨想)'이라고 호칭(呼稱)해 왔던 것이다.

2. 다양(多樣)한 주제(主題) 의식(意識)

theme이란 단어와 subject란 말은 다 같이 '주제(主題)'라고 번역해서 쓰기 때문에 가끔 혼동이 생기는 것 같다. 원래 theme란 말은 "나무의 잎과 잔 가지들을 달고 있는 중심 줄거리"라는 뜻을 가졌다고 한다.

그러나 subject는 '주(主)된 화제(話題)'란 의미이므로 theme과는 사뭇 다르다.

어쨌든 주제의 파악은 문학 작품 이해의 한 정점이라고 할 수 있을 것이다.

<人生雜記>에 수록되어 있는 수필 59편의 주제를 몇 개의 유형으로 나누어서 그 빈도 순위에 따라 적어 보면 다음과 같다. (<부록> 참조)

① 회상류(回想類) : 22편 ② 논단류(論斷類) : 18편 ③ 처신류(處

身類) : 6편 ④ 선학류(善謔類) : 5편 ⑤ 칭송류(稱頌類) : 3편
⑥ 득의류(得意類) : 2편 ⑦ 기타(其他) : 3편

한 문인(文人)의 내면 세계의 표출인 문학 작품을 자연계의 구상물(具象物)을 대하듯이 계수화(計數化) 한다는 것은 다분(多分)히 도식(圖式)과 피상(皮相)에 그칠 우려가 있으나, 이를 작품 평가와 결부(結付)시키는 것은 아니기 때문에 그러한 난점(難點)은 해소(解消)될 수 있을 것으로 본다.

M.Maren-Griesebach도 이러한 계수적(計數的, 통계적(統計的)) 방법이 주관적 판단에 따르는 것보다는 (精密)하며, 특히 (美學的) 문제에 대한 중요한 방법이 될 수 있다고 말하면서, 내용 분석 등에도 원용(援用)될 수 있음을 지적한 바 있다.13)

주제(主題) 문제에 있어서 먼저 지적할 수 있는 것은 그 다양성이다. 이것은 해서(該書)의 '내용' 항목에서도 윤곽을 짐작할 수 있겠다.

무애(无涯) 자신이 내용에 관하여 '후기(後記)'에서 언급(言及)한 것을 보면 다음과 같다.

1. '신변초(身邊抄)'에서는 ①어렸을 적부터 지금까지의 단편적(斷片的), 반자전적(半自傳的) 실기(實記) ②신변(身邊)의 쇄사(鎖事) 혹은 수상(隨想)을,
2. '정원집(情怨集)'에서는 ①향리(鄕里)와 육친(肉親)들 ②청춘의 낭만(浪漫)과 감격, 허랑과 방달(放達) 내지 그 눈물·꿈 등 정한(情恨)에 관한 회상기(回想記)들을
3. '수상록(隨想錄)'에서는 ①생(生)과 사랑에 관한 관점(觀點)

---

13) M.마렌 그레제바하, 문학 연구의 방법론, 장영태譯(弘盛社, 1986) p.185.

> ②일상(日常) 생활에 대한 관조(觀照)와 반성(反省) ③'문자(文字)'에 관한 희문(戱文) ④여성(女性)에 관한 지견(知見) ⑤현하(現下) 우리 사회·문화(文化) 등에 대한 견해(見解)와 주장(主張) 같은 것들을 적었다.[14]

'후기(後記)'에서 언급한 바를 미루어 볼 때 <人生雜記>에는 다기(多岐)한 내용의 수필들이 수록되어 있다는 것을 쉽게 짐작할 수 있다.

위의 빈도 조사에 나타난 있듯이 주제 또한 매우 다채로운 유형을 보여 주고 있다.

지면(紙面) 관계상 본고(本稿)에서는 빈도가 높은 '회상류'와 '논단류', 그리고 무애(无涯) 수필의 특징을 가장 잘 보여 주고 있는 '선학류'에 주안점(主眼點)을 두고 간략하게 서술해 보고자 한다.

1) 회상류(回想類)

<人生雜記>에 실린 59편의 수필들 중에서도 가장 중심(中心)이 되는 내용은 물론 '회상'과 '그리움'에 관한 글들이라고 할 수 있다.

> 인생(人生) 노년(老年), 외로운 밤 잠자리에 누워서 생애의 전반(前半)을 곰곰 회상하면, 갈수록 깊어지는 것은 '천애(天涯) 고아(孤兒)'의 감(感)이다. 그래 나도 모르게 젖은 눈을 손 끝으로 씻고, 억지곰 한 조각 '어버이 회상(回想)'의 글을 써 보았다.[15]

---

14) <人生雜記> p.373~374, '後記'.

노년의 고독이 회상으로 연결되고 있다.

> 문학(文學) 소년 시절! 생각하면 나에게는 무엇보다도 그리운 추억이다. …(中略)… 어쩐지 현재의 나는 순(純) 문학과는 좀 거리(距離)가 멀어져 가는 것 같은 — 말하자면 생각과 정열(情熱)이 옛날과 같이 오로지 문학에만 집중되지 않고 한편으로 학구적(學究的)인 반면, 또 한편으로는 인간 생활의 현실 과 역사에 대한 실제적인 방면 등 여러 갈래로 관심이 쪼개어지는 일방, 지난 날에 가졌던 그 오롯하고 화려한 몽상(夢想), 그 낭만적(浪漫的)인 문학열(文學熱)이 차츰 식어가는 듯한 느낌을 가지기 때문이다.[16)]

위의 글에서 '그리움'이 무애(无涯) 수필의 한 축(軸)이라는 사실을 금방 알 수 있다.

그는 끝까지 '문인'으로, 가능만 하다면 '시인'으로 남기를 절절(切切)히 바랐던 것 같다. 그래서 학자로, 논객(論客)으로 입지(立地)하고 있는 현재의 자신을 발견하고 못내 아쉬워하고 있는 것이다.

> '천애(天涯)의 고아(孤兒)'란 말이 있다. 바로 나를 두고 이른 말인가 보다. 다섯살 때 아버지를 잃고, 열두살에 어머니를 여의었다. 이런 '뿌리를 잃은 풀' 같은 고아가 용케도 그럭저럭 자라나서 고향을 떠나 사방으로 유학(遊學)을 가고, 술을 마시고, 연애를 하고, 처자(妻子)도 이룩하고, 문학을 합네, 학문을 합네, 교사 노릇을 합네 하면서 반생(半生)을 지내온다. 대견하다면 대견

---

15) <人生雜記> p.13, '思親記'.
16) <人生雜記> p.24, '나의 文學 소년 時代'.

하고, 신통하다면 신통한 일이다.[17)]

'사친기(思親記)'의 모두(冒頭)이다.

이 작품 전편(全篇)을 관류(貫流)하고 있는 정조(情調)는 양친(兩親)에 대한 희미한 추억이지만, 상인(上引)된 글에서 무애(无涯)는 자신의 파란(波瀾) 많았던 생애를 뒤돌아 보면서 자못 감개로운 회상에 잠기고 있는 것이다.

2) 논단류(論斷類)

무애(无涯) 수필 주제의 특징 중의 하나는 많은 '논단류'에 있다. 그러한 주제들은 대부분 시사성(時事性)을 띠고 있으나, 주로 문화 일반에 관한 것들이 많고, 구체적인 정치 현실에 관한 내용은 찾아보기 힘들다.

이것은 아마도 그의 중용적, 절충주의적 현실관의 한 단면을 보여 주는 것인지도 모른다.

무애(无涯)는 자신의 모질지 못한 성격에 대해서 이렇게 술회(述懷)하고 있다.

> 광주(光州) 학생(學生) 의거(義擧)가 일어 난 것은 一九三一年 바로 원단(元旦) 아침이었다. …(中略)… 쓰러진 학도들의 시커먼 몸이 참으로 목불인견(目不忍見)의 광경(光景)이었다.

---

17) <人生雜記> p.11, '思親記'.

그러나 나는 교수실(敎授室)에서 뛰어 나가 교정(校庭)으로 달려 그들의 흐트러진 대오(隊伍) 속에 뛰어들어 갈 '용기'가 그때 없었다. 나는 그대로 장승과 같이 창가에 기대어 서서 한갓 눈물을 머금고 눈으로 그 처절한 광경을 응시(凝視)할 뿐이었다.18)

이 글에서 그는 젊은 날의 '패기(覇氣)'나 극한(極限) 상황(狀況)과 정면 대결하는 '강의(剛毅)'가 부족함을 토로하고 있는 것이다.

다음의 글은 '중용적 자세'를 보여 주는 논단류의 한 예가 된다.

그들(中國人)이 남녀 간의 '연애'를 애초부터 '성적(性的) · 육체적(肉體的)'인, 실제로 '생활의 일부'로 간주(看做)한 점이다. 그러나 그러기엔 또 그들(男性)의 자존심과 '지위'가 허락하지 않아, 숫제 그것을 육체적인 문제로 다루지 않고 짐짓 피부적인 '색(色)'으로 간주키로 한 것이다. …(中略)… 그런데 갑자기 근대사의 과정(過程)을 밟게 된 우리의 '연애'는, 주지하는 바와 같이 또 너무나 급격한 외래 물질 문명 · 향락 문화의 도도(滔滔)한 유입(流入)과 범람(氾濫)과 함께, 특히 '해방(解放)'과 '사변(事變)'을 지난 거족적(擧族的)인 혼란기 · 수난기에 또 너무나 지나친 물질적 · 육체적 일변도(一邊倒)의 경향으로 흐르고 있다.19)

양비론적(兩非論的)인 입장에서 온건(穩健)한 주장으로 일관하고 있다.

다음의 글은 역사관(歷史觀)에 대해서 소신(所信)을 밝힌 대목이다.

18) <人生雜記>, pp.66~67, '敎壇挿話'.
19) <人生雜記>, pp.235~243, '나의 戀愛觀'.

> 우리들 연배(年輩)의 '사학(史學)'과 '국어(國語)·문학(文學)' 연구자들이 과거에 그 연구에서 모두 일종의 민족적·애국적 '감정'을 띠어 왔음이 사실이다. 그런데, 근래 신진학도들은 흔히 '과학'적인 사관과 비교어·'문학'적인 연구를 운위(云謂)하여 전배(前輩)들의 학풍(學風)과 업적을 온통 '쇼빈이즘'으로 간주(看做)·비난(非難)하는 경향이 있는 듯하다. '쇼빈이즘' (그것은 과연 딱한 사상임에 틀림없다.) 까지는 몰라도, 우리들의 당시 계몽적(啓蒙的) 학풍(學風)이 '감정(感情)'을 띠었던 것만은 솔직히 인정한다.
>
> 그러나 내가 여기서 반문(反問)하고 싶은 것은— "그러면 그들 신인(新人)의 '학(學)', 예컨대 그 색다른 '사관(史觀)'이나 참신(斬新)한 '과학적 연구 방법'은 과연 아무런 '목적'과 '감정'을 가지지 않는가? 없다면 그야말로 무슨 '떡'이라도 생기는가?" 묻고 싶은 허전한 가엾은 '학(學)'이요, 있다면 그것 역시 다른 무엇에의 일종 '쇼빈이즘'이 아닐까 함이다.[20]

역시 양비론적(兩非論的)인 입장(立場)에서 자신의 견해를 피력하고 있는 것이다.

3) 선학류(善謔類)

무애(无涯) 수필의 또 하나의 특징은 애틋한 주제의 글에서도 대개는 해학(諧謔)이 구사(驅使)되고 있다는 점이다. 무애(无涯)는 일군(一群)의 자기 글들을 평하여 "진지함 속에 해학을 풍기고, 해학중에서도 진지한 것을 잃지 않으려 한 글들"[21]이라 하였다.

20) <人生雜記>, p.372, '歷史'.

해학은 자연스럽게 '웃음'과 연결되고 있다.

> 백(百) 사람이 앉아 즐기는 중에 혹 한 사람이 모퉁이를 향하여 한숨 지으면 다들 언짢아지고, 그와 반대로 여러 사람이 침울(沈鬱)한 얼굴을 하고 있는 사이에도 어느 한 사람의 화창(和暢)한 웃음을 대 하면 금시 모두 기분이 명랑해짐이 사실이다. 그러기에 '웃음'에는 '笑門萬福來'란 공의적(公利的)인 속담이 있고, '웃는 낯에 침 못 뱉는다.'는 타산적(打算的) 잠언(箴言)도 있고, 또 누구의 말인지는 잊었 으나, '웃음은 인생의 꽃'이라는 자못 시적(詩的)(?)인 표어(標語)도 있다. …(中略)… '웃음'의 능력 — 또 그 양과 질에 있어서 나는 선천적으로, 또는 여간한 '수양'의 덕으로 남보다 좀 더 은혜를 받았음을 고맙게 생각한다.[22]

무애(无涯)의 대표적 수필의 하나로 꼽히는 '웃음(說)'의 모두(冒頭) 부분이다. 그 자신이 '해학' 내지 '웃음'과 이웃하여 '따스한 정'을 풍겨 주고 있다. 이러한 분위기는 '노변(爐邊)의 향사(鄕思)'에서 아주 절실한 감동으로 나타나고 있다.

> 내가 이웃집 김집강의 딸 '갓난이'와 어울려서 늘 마당에서 소꼽질을 하였다. 갓난이가 오줌을 누어 흙을 개 놓으면 내가 그것을 빚어서 솥 · 남비 · 사발 · 접시 등을 만들어서 진열(陳列)해 놓고, 갓 난이와 모래나 풀잎 따위로 밥을 짓고, 국을 끓이고, 반찬을 만드는 시늉을 하였다.[23]

---

21) <人生雜記>, p.373, '後記'.
22) <人生雜記>, p.207, '웃음說'.
23) <人生雜記>, p.19, '큰놈이'.

유년(幼年) 시절의 회상 속에 한없이 맑은 동심(童心)과 인정(人情)이 끝없는 장난끼(戱謔)와 뒤섞여 있다.

그의 수필의 주제를 감싸고 있는 이러한 '웃음'과 '인정'의 저편에는 심호흡(深呼吸)으로 가다듬는 '애수(哀愁)'와 '한(恨)'이 있다.

> 소년은 커서 꼭 장수(將帥)가 되어 삼군(三軍)을 질타(叱咤)하거나 사불여의(事不如意)하면 차라리 '모닥불 에 몸을 던지리라' 자기(自期)했었다.
>
> 그러던 것이 자라서 나는 세상의 이른바 '현실'에 부닥쳐 '타협(妥協)'을 배우고, '절충(折衷)'을 익히고, 또는 '부전승(不戰勝)'이란 허울 좋은 내만의 '유도(柔道)'를 터득했노라 했다. 그리고 직업으로는 나아가 평범한 '교사(敎師)'가 되고, 들어선 평생 구구한 '고거(考據)'나 하잘 것 없는 '수상(隨想)'을 쓰는 세쇄(細瑣)한 한 '학구(學究)', 허랑한 반(半)'문인(文人)'이 되었다. 모두 소년 시대의 기약과는 사뭇 달라진 일이다.[24)]

소년기의 '자기(自期)'를 이루지 못한 '한(恨)'은 '원한(怨恨)'이 아닌 '한탄(恨歎)'을 의미한다. 오세영(吳世榮)이 김소월(金素月)의 시(詩)를 논하는 자리에서 "한(恨)은 풀길 없는 맺힌 감정, 즉 모순되는 감정들의 해소할 수 없는 자기 갈등"[25)]이라고 한 말은 이 경우에도 해당된다고 할 수 있다.

안으로 스며든 이러한 '못다 이룬 한(恨)'은 때때로 고독(孤獨)의 표상(表象)으로 나타나기도 한다. 그리하여 '허무(虛無) 의식(意

---

24) <人生雜記>, p.23, '모닥불'.
25) 吳世榮 編著, 金素月(文學世界社, 1996), p.300.

識)'으로 연결되기도 한다. 특히 노년(老年)으로 접어 든 때의 외로움에 젖은 그의 모습을

> 학문 이외의 모든 것이 귀찮아서 눈 감고 썩둑썩둑 잘라 버리며, 그저 무엇인가에 의지하여, 끝내 버티고만 있는 최후의 용장(勇將)처럼 고독해만 가고 있다.26)

고 최원식(崔元植)은 적고 있다.

> 이렇듯 호방(豪放)·광달(曠達)하던 '천재(天才)'와 '영웅(英雄)'이 어느덧 중년 이후엔 '범부(凡夫)'와 '졸장부(拙丈夫)'가 되어서 …(中略)… 지금은 숫제 '착한 남편, 좋은 아버지, 구수한 교사, 평범한 문인'으로 '하늘의 명(命)한 것을 안'지가 벌써 六, 七十이 되었으니, 늙음은 역시 가엾은 일이라 할 밖에.27)

무딘 삶 속에 파묻혀 무기력해져 가는 자신의 자화상(自畵像)을 물끄러미 바라보면서, 그저 무상감(無常感)에 젖어 있음을 본다.

이상에서 회상·논단·선학을 주제로 한 작품들을 실제의 문장을 통해서 소략(疏略)한 채로 일별해 보았거니와, 그의 수필에는 여타의 주제(主題)들도 다양한 모습으로 나타나 있음은 누누(屢屢)히 언급한 바와 같다.

무애(无涯) 수필에는 '처신'을 주제로 한 작품들도 상당수에 달하고 있다. 전인(前引)한 '교단삽화(敎壇揷話)' 같은 것이 그 좋은

26) 崔元植, "孤獨한 勇將", 梁柱東 博士 프로필 (探求堂, 1973), p.221.
27) <人生雜記>, p.180, '靑春·돈·座右銘'.

예가 된다.

타인(他人)에 대한 '칭송(稱頌)'이나 자신의 '득의(得意)'의 심정(心情)을 주제로 한 수필들도 많이 눈에 띈다. 이런 글들은 대개 '웃음'과 '해학(諧謔)'의 이웃이 된다.

> 아닌게 아니라 기억력을 따진다면 내가 당시 '해서(海西)'는커녕 '해동(海東) 천재(天才)'라고 자임(自任)할 만큼 탁월(卓越)한 천분(天分)을 믿는 터이었다. 일찍 어렸을 때 고향에서 수십(數十) 노인들과 함께 시회(詩會)에 참가하였다가 그들이 지은 '풍월(風月)'을 내가 시축(詩軸)에 한번 받아 쓰고 당장에 그 十여(餘) 수(首)의 후작(愚作)을 모조리 외워서 일좌(一座)를 경도(驚倒)케 한 실례(實例)가 있거니와, 저 향토(漢土)의 서적(書籍)은 글자대로 일람강기(一覽强記) 하였으니 말할 것도 없고, 약부(若夫) 영어 단어조차 중학 일년 간에 무릇 육천어를 외운 경험이 있는 지라, 이 일에 있어서 내가 깃동 '마산(馬山) 수재(秀才)'에게 일보(一步)를 사양할 리가 없다.[28]

청년 시절 일동(日東) 유학(留學) 당시에 이은상(李殷相)과 암기(暗記) 내기를 했을 때 있었던 일화(逸話)에 끼어 있는 대목이다. 자신의 천재에 대한 득의와 웃음이 서로 화합되어 있다.

주제를 중심으로 해서 볼 때 무애(无涯)의 수필은 '정(情)'과 '원(怨)'이 양단(兩岸)을 이루고 있는 형국(形局)이라고 할 수 있다. '박학(博學)'과 '천재(天才)'라는 무한한 자긍심(自矜心)의 저편에는 소년기에 '자기(自期)'했던 '대문로(大文豪)'의 꿈을 성취(成就)

---

28) <人生雜記>, p.290, '記憶術'.

하지 못한 끝없는 한탄(恨歎)이 마주 서 있다.

그리고 이제는 건너지 못할 치안(此岸)과 피안(彼岸)의 정한(情恨)을 '웃음'과 '해학'이 아울러 감싸 주고 있는 것이다.

3. 내재(內在) 의식(意識)의 갈등(葛藤)

무애(无涯) 수필에 나타나 있는 내재 의식의 양상은 주제와는 또 다른 측면에서 다양한 모습을 보여 주고 있다.

김광섭(金珖燮)은 수필 문학을 논(論)한 그의 한 평문(評文)에서

> 수필은 달관(達觀)과 통찰(洞察)과 깊은 이해가 인격화된 평정(平靜)한 심경(心境)이 무심히 생활 주변의 대상에, 혹은 회고와 추억에 부닥쳐 스스로 붓을 잡음에서 제작된 형식이다.[29)]

라고 수필을 정의(定義)한 바 있는데, 이 말은 무애(无涯) 수필을 논하는 자리에서도 적합한 언급이라고 할 수 있다.

이제 무애(无涯) 수필에 나타난 다기(多岐)한 의식의 세계를 개관해 보고, 이러한 다채로운 의식들이 대칭적인 면에서 어떤 모습을 띠고 있는가를 고찰해 볼 차례가 되었다. 전항(前項)에서 논급한 것처럼 '자긍(自矜)'과 '한탄(恨歎)'의 대칭 같은 것이 그 좋은

---

29) 金珖燮, "수필 문학 小考", 문학(문학社, 1934. 1).

예가 될 수 있을 것이다.

1) 회상(回想)과 동경(憧憬)

무애(无涯) 수필에서 가장 빈번하게 만날 수 있는 정서는 회상과 그리움이다.

이들 정서의 공간적 배경은 주로 그의 향리(鄕里)와 일본(日本) 유학(留學) 시절(時節)의 동경(東京)이고, 시간적 배경은 유년기(幼年期)·소년기(少年期), 또는 숭실전문(崇實專門) 교수(敎授) 시절 등 다양하게 나타나 있다.

이러한 사정은 '후기(後記)'에서 진작 언명(言明)된 바 있다.

> 문인(文人) 대개의 역로(歷路)가 그러하듯이 나도 초년(初年)엔 시작(詩作)을, 중세(中歲) 이후엔 자못 수필을 즐겨 했다. 그래 수상·만록(漫錄)·잡기 등 필흥(筆興)에 맡긴 문자를 써서 발표해 온 것이 어느덧 근 三十年이 된다. 그것들 중 의 더러는 스크랩도 해두지 않아 숫제 유실되고 말았으나, 다행히 보존(保存)·수집(蒐集)되어 온 것이 근(近) 백편(百篇). 그 중에서도 하치 않은 것을 다시 할애(割愛)하고 그 상(想)이나 필치(筆致)에 있어, 내지 그 글을 쓰게 된 기연(機緣)과 내용에 있어 내딴엔 회심(會心)의 미소(微笑), 칭의(稱意)의 탄상(嘆賞), 내지 감개(感慨)로운 회고(回顧)를 지을 만한 일반(一半) 이상의 편수(篇數)를 추려서 한 책으로 모아 놓았다.[30)]

30) <人生雜記> p.373, '後記'.

<人生雜記>의 소재들이 대부분 추체험(追體驗)이나 회상에 기반을 두고 있다는 내용이다.

오창익(吳蒼翼)은 '수필 주제의 요건'으로 다음과 같은 조건을 제시하고 있다.

① 선명한 주제
② 쉽게 공감할 수 있는 주제
③ 새롭고 독창적인 주제
④ 자기 관조가 가능한 주제
⑤ 가치 있고 유용한 주제
⑥ 자기 경험에서 얻는 주제
⑦ 구체적이고도 한정적인 주제[31]

<人生雜記>에 수록된 대부분의 수필들은 주제 뿐만 아니라 그 내용에 있어서도 위의 요건을 충족할 수 있는 작품들이 주류를 이루고 있다고 할 수 있다.

> 내가 이웃집 김집강의 딸 '갓난이'와 어울려서 소꼽질을 하였다. 갓난이가 오줌을 누어 흙을 개 놓으면, 내가 그것을 빚어서 솥, 남비, 사발, 접시 등을 만들어서 진열해 놓고, 갓난이와 모래나 풀잎 따위로 밥을 짓고, 국을 끓이고 반찬을 만드는 시늉을 하였다. 그래 한창 재미나게 살림을 차려 놓 고 즐기는 참인데, 큰놈이가 홀연이 어디서 나타나서 대번에 달려 들어
> "이게 다 무에냐?"

---

31) 吳蒼翼, 수필 문학의 이론과 실제(나라, 1996), pp.46~56.

하면서 우리들의 솥, 남비 등속을 발길로 차고 문질러서, 우리들의 재미나는 '살림'을 모두 망쳐 버리곤 하였다.[32]

유년기 · 소년기에 있었던 추억담을 소재로 한 글이 '큰놈이'라는 작품이다. 그야말로 소꼽장난 시절의 그리운 추억담이다.

이와 비슷한 시기의 것으로 '모닥불'이 있다.

역시 어린 시절의 아스라한 독심(童心)의 세계를 회상하고 있다. 무애(无涯)는 특히 이 글에서 승부(勝負)를 위해서 '모닥불'에까지 뛰어 들었던 어린 시절의 '용기'와 '순수'를 지탱(支撑)하지 못한 현재의 자신의 모습을 힌탄(恨歎)하고 있다.

'회상'과 '그리움'의 정조(情調)는 '춘소초(春宵抄)'에서 climax를 이루고 있다. "문학 소녀 K의 추억"이라는 subtitle이 이미 이 수필의 성격을 시사(示唆)해 주고 있다.

봄은 만물이 소생(甦生)하는 철, 시렁 위에 얹혀 있는 해묵은 낡은 북(鼓)도 다시금 저절로 소리를 내는 때라 한다. 더구나 이 밤은 조용한 비가 시름없이 내리고……. 어느 젊은 여류(女流) 시인(詩人)은 비 오는 밤이면 문득 '인생의 여권(旅券)'이 함초롬히 젖음을 느낀다 한다. 아닌게 아니라 봄 밤 — 특히 비 오는 밤은 우리가 지난 날의 추억(追憶)을 하염없이 눈 감고 더듬어 볼 적당한 시간이다.

나도 이 고요한 봄 밤에, 창 밖에 내리는 빗소리에 귀를 기울이면서 젊은 시절에 얼마 동안 흐뭇이 젖었던 '인생의 여권'을 다시금 회상하여 볼까.[33]

---

32) <人生雜記>, p.19, '큰놈이'.

아마도 무애(无涯)의 수많은 수필 작품들 중에서 가장 애틋한 정서와 청징(淸澄)한 낭만을 보여 주는 글이 아닐까 한다.

'춘소초'는 happy-end가 아닌 sorrow-ending의 정황을 다음과 같이 적고 있다.

> K와 내가 어떤 뜻아닌 한 불행한 일에 의하여 서로 갈라진 구슬픈 날은 역시 비가 오는 어느 첫 가을 날 오후였다. 내가 그녀를 마지막으로 작별하고 그녀의 방을 떠나 바깥으로 나왔을 때, 비가 와서 날이 음침한 탓도 있었겠으나, 대낮인데도 시계(視界)가 컴컴하여 길이 온통 보이지 않았다. 아마 내가 K를 무던히 사랑하였던가 보다.[34)]

얼핏 보기에는 호쾌(豪快)·방달(放達) 내지 강건(剛健)의 심경(心境)을 내세우는 듯한 수필들도 한 치만 벗기고 나면 대개 동정과 관용 내지 심약(心弱)한 정서가 숨어 있음을 알 수 있다. 그 좋은 예가 상인(上引)된 '큰놈이'와 같은 작품이다.

'큰놈이'의 전편(前篇)에는 '원망(怨望)'과 '도전(挑戰)'의 자세가 엿보이나, 후반(後半)에 와서는 어느덧 '동정(同情)'과 '관용(寬容)'의 심서(心緖)로 전환되어 있다.

> 그래 나는 그예 '큰놈이'를 한번 톡톡히 때려 주지 못하고, 골려 주지도 못한 채, 소학교를 마치고 유학차(遊學次)로 고향 마

---

33) <人生雜記>, p.146, '春宵抄'.
34) 同上.

> 을을 떠났다. …(中略)… 그 뒤로부터 거의 四十년(年), 피차(彼此)에 소식이 끊겼다. '큰놈이' 녀석, 지금 어디서 무엇을 하는지? 꼭 환갑(還甲)이 되었을 터인데, 늙마에 과히 고생은 않고 건재(健在)한지, 아들·딸은 몇이나 두었는지, 혹은 이미 무덤 위에 풀이 더북더북 하였는지……. 만일 아직도 살아 있으면, 한번 다시 만나 막걸리 동이나 기울이며 팔씨름을 해보았으면 좋겠다.[35]

철없던 시절의 '앙금'을 이제는 '해량(海諒)'으로 눙친 넉넉하고 정에 넘치는 분위기를 느낄 수 있다.

'Strumund Drang'으로 대표되는 젊은 날의 추억을 무애(无涯)는 이렇게 적고 있다.

> 나의 '신문학(新文學)'에 대한 열중(熱中)은 그 해에 일동(日東)에 건너가 조대(早大) 불문과(佛文科, 그 뒤 대학은 영문과로 전(轉)하였다)에 입학한 때부터였다. 나는 신문학(新文學)을 보았다. 그것은 내게 전연 알려지지 않았던 '새 천지(天地)'(칼라일)였다. 나는 서양 소설을 자주 읽었다. '톨스토이'를 읽고, '투르게넵' 전집(全集)을 읽고, '루소오'의 '참회록'을 읽었다. …(中略)… 글자 그대로 무선택, 무표준, 닥치는 대로 읽었다. 그리하여 가지각색의 감정과 사상과 주의와 특히 새 문자를 배웠다. 자유(自由) 사상을 배우고, '연애'를 배우고 (그렇다, 연애를 배웠다), 세기말(世紀末) 사상을, 인도(人道)주의를, 악마(惡魔)주의를 두서없이 배우고, 흡수하였다.[36]

---

35) 註 32) 參照.
36) <人生雜記>, p.33, '나의 文學 소년 시대'.

문학 청년 시절의 지칠 줄 모르는 학구열과 독서욕을 아주 구체적으로 적시(摘示)하고 있다.

2) 가족애(家族愛)

그의 수필에서 빈번하게 만날 수 있는 테마는 '가족애'이다. '사친기(思親記)'에서는 아버지에 대한 추억과 그리움을, '어머니 회상'에서는 어머니에 대한 애끓는 그리움을 보여 주고 있다.

그가 특히 어머니를 향한 정이 남다를 수밖에 없었던 내역을 이렇게 술회하고 있다.

> 어머니의 사랑이란 그처럼 만인에게 보편적인 것이요, '모성(母性)'이란 지상의 모든 아름다운 것 중 제일 숭고한 찬미의 대상이 아닐 수 없다. …(中略)… 더구나 사람이란 나이가 차차 들어감에 따라, 늙어감에 따라, 어버이 — 특히 돌아간 어머니를 회상하고 추모하는 마음이 더 간절해지고, 또 근본적으로 '어머니' 자체, 곧 '모성(母性)' 자체에 대한 연모(戀慕)가 더욱 심화되어 가는 듯하다.[37]

무애(无涯)의 '어머니'에 대한 애틋한 사랑은 '국민 가요'나 다름없는 '어머니 마음'에 잘 나타나 있다.

> 낳으실 제 괴로움 다 잊으시고,

---

37) <人生雜記>, pp.98~99, '어머니 回想'.

기를 때 밤낮으로 애쓰는 마음,
진 자리, 바른 자리 갈아 뉘우며,
—손, 발이 다 닳도록 고생하시는 —
하늘 아래 그 무엇이 넓다 하오리,
어머님의 사랑은 가이 없어라!

건부전(健婦傳)'에서는 누나에 대한 눈물겨운 동기애(同氣愛)가 잘 나타나 있다. 조실부모(早失父母)한 그에게는 '삼질이'라는 아명(兒名)을 가졌던 누나의 존재는 어머니의 대리역(代理役) 바로 그것이었던 것 같다.

입춘(立春) 날 아침, 밥상에 놓인 달래 나물을 보고 다시금 위북(緯北)의 누나를 생각했다. — 오래 떨어져 못 본, 그 생사(生死)조차 모르는, 아마 십중팔구(十中八九) 이미 세상을 떠났으리라 생각되는 오직 하나 뿐의 동기(同氣), 나의 '누나'를. …(中略)… 누나가 어머니의 결벽(潔癖)을 닮아 몹시 정결(淨潔)한 살림을 좋아하였다. 촌집이나마 집 안팎을 하루에도 몇번씩 부지런히, 깨끗이, 글자대로 청소(淸掃)해서, 방이나 부엌이나 헛간·마당이나 모두 유리알 같이 정하고 말끔하였다. 그래—독자는 아랫 글을 보고 웃으려 니와— 누나는 임산(臨産) 때가 되면 그 깨끗한 방에서 아이를 낳기를 꺼려 하필 부엌 옆의 '헛간'을 치우고, 멍석을 깔고 그 위에 포단을 펴고, 거기서 분만(分娩)을 하는 것이었다. 집안 사람들이 아무리 말려도 누나는 막무가내로 듣지 않고 번번이, 기어이 게서라야 해산(解産)을 했다 한다.[38)]

38) <人生雜記>, pp.107~111, '健婦傳'.

누나의 결벽(潔癖)이 지나쳐서 오히려 구설수(口舌數)에 오를 지경이었다는 이야기이다. 누나에 대한 칭송이 웃음을 자아내다가 곧장 숙연한 마음으로 바뀌게 된다.

> 천하(天下)에 제일 어리석은 일은 첫째가 제 자랑, 둘째가 아내 자랑이라고 한다. 그런데 이 '여성예찬'을 위한 둘째번 글에서 나는 이 두가지 어리석음을 한꺼번에 톡톡히 드러내게 되었으니 딱한 일이다. 그러나 모쪼록은 덜 '어리석게' 보이기 위하여, 아무리 제 부부(夫婦) 간(間)의 결혼 생활, 내 지아내의 '덕(德)'을 찬양한다 하더라도, 글의 형식만은 워낙 그것이 아닌 체, 우회적 · 객관적 서술(敍述)의 길을 취할 수 밖에.
>
> 동양 사람이 아내를 칭찬하는 말로는 으레 '현처(賢妻)'가 있다. '현처'의 경우는 여러 가지가 있겠으나, 얼른 머리에 떠오르는 생각은
>
> 家貧則思良妻
> 國難則思良相
>
> 이라는 옛 사람의 격언(格言)이다.
>
> 그러니 나도 그 정의(定義)에 따라 우리 부부 생활 중에 가장 딱하고 가난했던 시절, 곧 그 신혼 시대의 빼저린 몇 토막의 추억(追憶)을 더듬음으로써, 용케도 그 가난한 살림을 달게 여기고, 그 주착없는 궁(窮)한 '남편'을 '충성'스러이 따라 다닌 아내의 '어짊'을 간접적으로 숫제 다시금 '생각'해 볼까?[39]

'신혼기(新婚記)'의 서두(序頭) 부분이다.

---

39) <人生雜記>, p.156, '新婚記.'

무애(无涯)는 이 기나긴 글에서 '아내'에 대한 은근하고 지극한 정을 토로하고 있다.

'날아난 새들'이라는 비교적 장문(長文)의 글에서는 두 딸에 대한 애틋한 부정(父情)이 잘 나타나 있다.

> 딸년들이란 실로 '새 새끼'들처럼 둥주리(가정) 안에서 무한 재깔이며, '새 새끼'들 처럼 그 안에서 온갖 재롱을 부리며, 엄지(부모)들의 마음을 한껏 기쁘게, 한껏 즐겁게 한다.
> …(中略)… '새 새끼'는 크면 날아감이 그 본래(本來)의 구실이요, 사명이요, 당연한 일이요, 새끼를 기른 엄지는 새끼가 폴폴 날아감을 보는 것이 서운한 중에도 가장 큰 즐거움인 것을.
> 내가 애써 재미있게 길러서 날개가 조금 커지자 그만 폴폴 날려 보낸 '새 새끼'가 두 마리! 다음에 나의 가난한 둥우리 안에서 近 二十년(年) 간(間)이나 궂은 일, 어려운 일에 조그만 불평과 불만도 없이 한결같이 의좋게, 다정히, 명랑·쾌활히 재깔이며, 종알이며, 손 잡고 살아 오던 기특한 '새 새끼' 한 쌍의 이야기를 적어 본다.[40]

3) 교육(教育)과 학문(學問)에 대한 열정(熱情)

무애(无涯)의 활동 영역과 가장 잘 어울리는 정서는 물론 교육과 학문에 대한 끝없는 열정, 그것이다.

---

40) <人生雜記>, p.119, '날아 난 새들'.

> 나는 불행히 추성(鄒聖)처럼 '천하(天下)의 영재(英材)'를 만나지 못하여 노상 오히려 '得天下鈍才而敎育之 是一苦也'의 탄(嘆)을 발(發)하기도 일쑤이다.
>
> 그러나 어떻든 내가 아무리 불사(不似)한 교사로서나마 이렇듯 장세월(長歲月) 간(間)의 교단 생활 중에서도 조금도 '권태(倦怠)'를 느끼지 않고, 늙음에 이르러서도 오히려 '신'이 나는 '즐거움'으로써 약간의 '학문'과 몇 날의 백묵(白墨)을 밑천으로 하여 그날 그날의 생활을 과히 양심에 어그러짐이 없이 보내고 있음은 인생 만년(晩年)의 한 '청복(淸福)'이 아닐 수 없다.[41]

그의 교육에 대한 순수한 열정은 다음의 글에서 더욱 구체적으로 나타나 있다.

> 인생이 문득 우울한 날도, 집에서 아내와 옥신각신 다투고 나선 아침도, 나는 훤칠한 교정(校庭)에 들어서서 …(中略)… 기분은 금방 상쾌해지고, 하물며 교실에 들어가 수많은 학도 중 어느 한 모퉁이의 '빛나는 눈'이나 발견할 양이면, 나는 문득 '신'난 무당처럼 몇 시간이고 피곤한 줄을 모르고 정신없이 떠들어 대는 것이다. 그래 이 '신'바람에 해방 후에 한동안은 일주(一週) 간(間)에 주야(晝夜) 六十여(餘)시간을 가르치고도 피로를 몰랐다.[42]

이러한 열정은 예사 일이 아닌 것 같다.

"해방 후에 한동안"(그의 四十代 시절에 해당)이란 단서(但書)가 붙어 있기는 하지만, 주당(週當) 六十여(餘) 시간이나 강의를 진행한다는 것은 문자 그대로 '초능력'에 가까운 일이라고 할 수밖에 없다. 더구나 교통 수단도 여의(如意)치 못했던 당시의 여건(與件), 또 여

---

41) <人生雜記>, p.52, '敎師의 資格'.
42) 註 41)參照.

러 대학을 순방(巡方)(?)하면서 이루어 진 강의였으니, 이것은 아마도 무애(无涯)의 순수와 열정, 낭만과 서정이 '빛나는 눈'과 함께 이루어 낸 일종의 '기적'이라고 밖에 달리 표현할 말이 없을 것이다.

그의 이러한 교육열과 짝을 이루는 것으로는 무엇보다도 먼저 학문에 대한 무한한 열정과 애착을 손꼽을 수 있을 것이다.

무애(无涯)가 이른바 '적수공권(赤手空拳)'으로 일구어 낸 '향가(鄕歌)'와 '여요(麗謠)' 연구에 대한 불멸(不滅)의 업적에 대해서는 이런 자리에서 언급할 성질의 것이 아니겠지만, 이 또한 '민족애(民族愛)'를 근간(根幹)으로 한 학문에 대한 무한한 애정이 아니었다면 애초에 불가능한 일이었을 것이다.

다음의 글은 향가 연구의 배경과 그 과정의 일단(一端)을 보여주고 있다.

> 내가 혁명가가 못되어 총·칼을 들고 저들에게 대들지는 못하나마 어려서부터 학문과 문자에는 약간의 '천분(天分)'이 있고, 맘속 깊이 '원(願)'도 '열(熱)'도 있는 터이니, 그것을 무기로 하여 그 빼앗긴 문화 유산을 학문적으로나마 결사적으로 전취탈환(戰取奪還)해야 하겠다는, 내딴에 사뭇 비장(悲壯)한 발원(發願)과 결의(決意)를 하였다. …(中略)… 약 반년만에 우선 소창씨(小倉氏)의 해독(釋讀)의 태반(殆半)이 오류(誤謬)임과, 그것을 논박(論破)할 학적(學的) 준비가 완성되었다. 그러나 악전(惡戰)·고투(苦鬪), 무리(無理)한 심한 공부는 드디어 건강을 상하여, 대번에 극심한 폐렴(肺炎)에 걸려 발열(發熱)이 며칠동안 四十도(度)를 넘어 아주 인사불성(人事不省), 사람들이 모두 죽는 줄 알았었다. 아내가 흐느끼고, 찾아 온 학생들이 모두 우는데, 내가 혼미(昏迷)한 중 문

> 득 일어나 부르짖었다.—
> "하늘이 이 나라 문학을 망치니 않으려는 한, 모(某)는 죽지 않는다.
> 이만한 혈원(血願)이요, 자부심(自負心)이었다.[43]

학문에 대한 열정과 학자적 '천분(天分)'에 대한 긍지(肯持)가 어떠했었던가를 잘 말해 주고 있다.

일제(日帝) 강점하(强占下)의 국학자(國學者)들이 구국일념(救國一念)으로 학문에 몸 담았던 것은 다 알려진 사실이지만, 무애(无涯)의 경우는 그 정도가 더욱 치열(熾烈)하고, 격정적(激情的)이었다고 할 수 있다. 그의 "혈원(血願)"이 일구어낸 것이 바로 육당(六堂)의 이른바 "해방 전에 이룩한 삼대(三大) 명저(名著)" 중 첫 번째로 꼽히는 <朝鮮古歌研究>였다.

무애(无涯)는 향가 연구에 거는 소박한 '꿈'을 낮은 목소리로 이렇게 술회한 바도 있다.

> 이제 여(余)가 천학(淺學)과 비재(菲才)를 돌아보지 아니하고 약간(若干)의 고증(考證)과 주기(注記)를 일삼아 감(敢)히 전편(全篇)의 석독(釋讀)을 시험(試驗)한 것은, 스스로 돌아보아 몬저 참월(僭越)한 허물을 도망할 길이 업스되, 구구(區區)한 미의(微意)만은 이 천유애년래(千有餘年來) 창해(滄海)의 유주(遺珠)와 같이 근근(僅僅)히 길어서 남은 귀중한 고문학(古文學)의 본래의 면목을 애써 천명(闡明)하고, 그 진가(眞價)를 제대로 발휘식혀 후세에 전코저 하는 진실로 간절한 염원이 있었기 때문이다.[44]

---

43) 梁柱東, 國學研究論攷(乙酉文化社, 1962), pp.344~345, '鄕歌研究의 回顧'.

그는 때로는 강렬(强烈)하면서도 때로는 침전(沈澱)된 의식(意識)의 소유자였다. 그의 '천재(天才)' 의식의 저변(底邊)에는 천진무구(天眞無垢)할 정도의 질박(質朴)함이 있었다. 학문을 논하는 자리에서는 "산(山)밑으로 지나가는 빗소리"식의 고압적(高壓的)인 '고와주의(高臥主義)'를 취하다가도 곧장 몸을 곧추 가다듬곤 하였다.

> 열한 살의 어린 '교사'가 뒤에 제 버릇을 못 버리어 약관(弱冠)에 교단에 선 후 노령(老齡)에 이르기까지 '약장수' 비슷한 이 '교수(教手)'의 생활을 무릇 三十여년 간 지속(持續)하여 왔다.[45]

여기서 무애(无涯)는 자신을 '약장수'에 비유하고, 그 역할도 '교수(敎授)'가 아닌 그저 기능인(技能人)에 가까운 '교수(教手)'로 호칭(呼稱)하고 있는 점이 이색적(異色的)이다.

위의 글에 등장된 자신의 신분과 연관 있는 용어들은 농반진반(弄半眞半)의 언어들이지만, 다른 한편으로는 장구한 세월 동안 대과(大過) 없이 교단(敎壇)을 지켜 온 일종의 자족감(自足感) 같은 감정도 내포되어 있다고 생각된다. 즉, 천직(天職)으로서의 '교수(敎授)'와, 그런 긴장감을 떨쳐 버린, 그저 생활인(生活人)으로서의 '교수(教手)'·'약(藥)장수'가 일종의 대위(對位)를 보여 주고 있는 것이다.

---

44) 梁柱東, 朝鮮古歌硏究(京城 : 博文書館, 1942), p.2, '序'.
45) <人生雜記>, p.51, '無名塾'.

4) 강렬(强烈)한 자의식(自意識)

그는 가끔 자신을 "무뚝뚝한 아비"라고도 했고, 또 '고루(固陋)한 서생(書生)'이라는 관어(冠語)를 사용하기도 했다. 그런가 하면 조실부모(早失父母)한 '천애(天涯)의 고아(孤兒)'의 몸으로 험난한 풍진(風塵) 세상(世上)을 용케 헤쳐 나온 자신을 대견스럽게 생각해 보기도 하였다.

> '뿌리를 잃은 풀'같은 고아가 용케도 그럭저럭 자라나서 고향을 떠나 사방으로 유학(遊學)을 가고, 술을 마시고, 연애를 하고, 처자도 이룩하고, 문학을 합네, 교사 노릇을 합네 하면서 반생(半生)을 지내 온다. 대견하다면 대견하고, 신통하다면 신통한 일이다.46)
>
> 내가 원래 약한 성격, 혹은 착한 마음씨의 소유주인 때문인지, 남을 대할 때 그의 눈이나 얼굴을 오래 맞바라보지 못하고 번번이 얼른 눈을 딴 곳으로 돌리고 마는 버릇이 있다.
>
> 그런데 나와 마주 서는 남들은 나와 반대로 내 얼굴 내지 내 눈을 얼마든지 몇 분 동안이라도 말똥말똥 들여다 보며 말한다. 그것이 괘씸하고 싫었다. 저들이 내 '마음의 창(窓)'을 염치없이 말끄러미 들여다 보는데, 나는 그만 내 눈을 돌려 하염없이 먼 산만 바라보게 되니, 어째 내가 대인교섭(對人交涉)에 있어 패배나 되는 듯, 내 약한 '성격(性格)'이 저들에게 드러나는 것만 같았다.47)

---

46) <人生雜記>, p.11, '思親記'.
47) <人生雜記>, p.63, '教壇 挿話'.

위의 글은 젊은 시절 대학 강단(講壇)에 처음 섰을 때의 추억담의 일부이다. 자신의 내성적 성격의 일면을 솔직하게 고백하고 있는 것이다.

무애(无涯)는 자신의 습관처럼 되어 버린 '고와주의(高臥主義)'에 대하여 그 경위를 다음과 같이 적고 있다.

> 그리하여 내가 — 십여세 소년이 얻은 바 이상적인 '삶'은 남양(南陽) 융중(隆中)에 몸소 밭 가는 제갈량(諸葛亮)이었고, 어쩐 셈인지 '미소부답(微笑不答), 포슬장음(抱膝長吟)' 하였다는 그의 금도(襟度)가 나의 동경(憧憬)하는 바 '삶'의 태도(態度)가 되었다. 그때에 얻은 바 소위 '고와주의(高臥主義')는 지금도, 아마 일평생 감염되어 씻어 버리지 못할 것 같다.[48]

이러한 일련의 자아 성찰적인 의식의 저쪽에 우뚝 서 있는 것은 여유와 해학이다.

> 일전 어느 다방엘 들렀더니, 지우(知友) 모씨(某氏) 옆에 일위(一位) 백면(白面)의 미(美)소년이 동반되어 앉아 계신데, 연푸른 빛 홍콩 사지 양복 저고리에 질푸른 양복 바지, 붉은 넥타이, 로이드 색(色) 안경에 三·七로 갈라 제낀 머리— 무론 왼쪽 손가락 사이에는 '쎄일렘'인가 '바이스로이' 인가의 자연(紫煙)을 성(盛)히 올리기를 게을리 하지 않는다.
>
> 그런데 지우(知友) 모씨(某氏)의 소개에 의하면
>
> "이분이 선생을 자못 경모(敬慕)하는 '미쓰 모(某)'라"하며, 이어 '미쓰 모'는 "딱터 양, 만나 뵈어 참 반갑습니다. How d'ye

---

48) <人生雜記>, pp.27~28, '나의 文學 少年 時代'

> do?"를 연발하며 악수를 먼저 청하고, 문득 '쎄일렘'인가의 하나를 옷 포켓에서 꺼내어 내게 선뜻 희사(喜捨)한다. 그제야 나는 '그씨'의 정체가 '여성'임을 반각(晩覺)하고, 경이의 눈으로 그씨의 약간 더 붉은 입술과 더 가늘은 손가락을 점검(點檢)하고, 이윽고 테이블 밑에 숨겨진 그씨의 넓적한 여화(女靴)를 감상하는 무례를 감행하고 나서, 비로소 악연(愕然)의 표정과 안도(安堵)의 한 숨을 지었다.49)

위에 인용된 글에서는 소위 '신여성'에 대한 칭송이 장난끼 서린 해학으로 이어지고 있다. 그녀의 파격적이고 발랄한 언행에 놀라면서도, 한편으로는 흥미와 친근감을 느끼고 있는 것이다.

무애(无涯)의 수필에 나타나 있는 내면의 세계는 낙천(樂天)·긍정(肯定)의 이쪽과 무상(無常)·소극(消極)의 저쪽이 갈등을 일으키면서 공존(共存)하는 양상을 노정(露呈)하고 있다.

그의 수필을 두고

> 한 시대를 풍미(風靡)한 삶의 도정(道程)에서 재주와 학문과 익살과 술, 그리고 문학이 어우러진 스펙타클의 변화 다양한 드라마를 생각하게 하는 것이 양주동의 수필이다.50)

라고 한 어느 평저(評者)의 말은 정곡(正鵠)을 얻었다고 할 만하다.

---

49) <人生雜記>, pp.307~308, '새 女性美'.
50) 蔡洙永, 上揭論文, pp.118~119.

4. 결 론(結 論)

이상(以上) 소략(疏略)하나마 무애(无涯) 수필에 나타난 주제 의식과 작품 상(上)에 노정(露呈)된 내면 세계의 갈등 양상을 그의 대표적 수필집인 <人生雜記>를 중심으로 해서 고찰해 보았다. 지금까지 논의해 온 내용을 요약함으로써 결론을 삼고자 한다.

무애(无涯) 수필의 주제는 양적인 면에서는 ①회상 ②논단 ③처신 ④선학 ⑤칭송 등의 순위를 보이고 있으나, 저변적(底邊的)으로 보면 '정(情)'과 '원(怨)'의 정서가 두 축을 형성하고 있다.

그의 수필에 나타난 내면 세계의 모습 또한 다양하기로는 마찬가지이다. 빈도 면에서 볼 때는 ①회상과 동경 ②가족애 ③교육과 학문에 대한 무한한 열정 ④강렬한 자의식 등의 순위를 보이고 있으나, 총괄적으로 본다면 '활달(豁達)'과 '애상(哀傷)'이 대각(對角)을 형성하고 있다.

이러한 '정(情)'과 '활달(豁達)', '원(怨)'과 '애상(哀傷)'의 갈등 구조의 연원은 무엇인가?

그것은 아마도 '박학(博學)'과 '천재(天才)'라는 무한한 자긍심(自矜心)의 저편에 소년기에 품었던 원대한 포부 — '대문호(大文豪)'의 꿈을 성취하지 못한 한탄이 마주 보고 서 있는 형국이 그 연유가 아닐까?

이 양반(兩岸)의 중간 지대에 '웃음'과 '해학', '천진무구(天眞無垢)'와 '낭만'의 따뜻한 강이 흐르고 있는 것이다.

흔히 수필을 일컬어 '고백의 문학'이라고 한다. 그러나 여기서 말하는 고백은 '고해성사(告解聖事)' 시(時)에 행해지는 그런 사차원(四次元)의 세계에 대한 These가 아니라, 고단하지만 진지(眞摯)한 '인생'을 추구하는 과정에서 자연발생적으로 도출되는 일종의 '인생(人生) 백서(白書)'라고 할 수 있다.

그렇기 때문에 수필 작품에 담겨 있는 언어의 내밀(內密)한 의미를 파악해 본다는 것은 국외자(局外者)로서는 그저 '유추(類推)'에 머물 수밖에 없을 것이다.

더구나 한 시대를 풍미(風靡)했던 당대(當代) 최고(最高)의 석학(碩學)이자 pure-romantist였던 무애(无涯) 수필이 지닌 깊고도 넓은 '의식의 세계'를 이런 비좁은 자리에서 이러니 저러니 운위(云謂)한다는 것 자체가 하나의 nonsense 인지 모른다.

삼백여(三百餘) 편(篇)의 수필을 모두 한자리에 모아 놓고, 좀 더 성실하고 맑은 눈으로 바라보는 일이 필자(筆者)가 맡아야 할 다음 과제가 아닌가 생각한다.

參考文獻

1. 자료(資料)

① 양주동(1962).인생잡기, 탐구당.

② 양주동박사전집 간행회(1995). 양주동전집12, 동국대출판부.

③ 양주동(1962). 국학연구논고, 을유문화사.

④ 양주동(1942). 조선고가연구. 박문서관.

2. 논저(論著)

① 김광섭(1934). "수필 문학 소고".문학, 문학사.

② 김용직(1989). 문학비평 용어사전, 탐구당.

③ 어문각 편집후(1988). 한국문학사 개관, 어문각.

④ 오세영(1996). 김소월, 문학 세계사.

⑤ 오창익(1996). 수필문학의 이론과 실제, 나라.

⑥ 정진권(1996). 한국수필문학연구, 신아출판사.

⑦ 조연현(1968). 한국 현대문학사, 인간사.

⑧ 채수영(1991). "양주동의 수필세계". 양주동 연구, 민음사.

⑨ 최강현(1994). 한국수필문학신강, 서광학술자료사.

⑩ 최원식(1973). "고독한 용장". 양주동 박사 프로필, 탐구당.

⑪ M. 마렌 그레젠바하(1986).문학 연구의 방법론. 장태영 역, 홍성사.

〈附錄〉主題 一覽表

順次	題　目	主　　題	內容	創作年度
1	思親記	父母에 대한 희미한 追憶	回憶	1958
2	큰놈이	故友에 대한 追憶	回憶	1958
3	모닥불	이루지 못한 理想에 대한 아쉬움	回憶	1958
4	나의 文學 소년 시대	多彩로우나 體系가 없었던 문학 수업의 歷程	回憶	1937
5	몇, 어찌	新學問 습득 과정의 逸話와 追憶	回憶	1958
6	자전거 插話	失手 인정의 美德	回憶	1958
7	無名熟	少年 時節의 경험과 추억	回憶	1958
8	교사의 '資格'	敎職을 天職으로 생각함	回憶	1958
9	교단 插話	敎職 生活의 逸話	回憶	1958
10	賢問愚答抄	敎職 生活의 逸話	回憶	1958
11	나의 雅號	雅號 禮讚	得意	1948
12	靑春·돈·座右銘	靑春 時節의 낭만과 격정을 그리워 함	回憶	1958
13	無錢受難記	失手의 逸話	回憶	1959
14	香山逢變記	失手의 逸話	回憶	1959
15	비지땀	避暑의 逸話	回憶	1959
16	爐邊의 鄕思	少年 時節의 鄕愁	回憶	1936
17	어머니 回想	어머니에 대한 그리움	回憶	1959
18	健婦傳	누나에 대한 그리움	回憶	1958
19	날아난 새들	異腹姉妹를 키운 父情	回憶	1958
20	木瓜抄	膳物에 얽힌 逸話	回憶	1958
21	春宵抄	情戀의 추억	回憶	1958
22	新婚記	新婚初의 辛酸	回憶	1958

順次	題　目	主　　題	內容	創作年度
23	牛衣感舊錄	六·二五 戰亂中의 아내의 快擧	回憶	1957
24	情怨抄	歷史上의 悲戀	哀傷	1958
25	웃음說	웃음의 效能과 逸話	論斷	1958
26	'顚不剌'記	自作詩에 대한 칭송	得意	1958
27	사랑은 눈오는 밤에	雪夜의 情戀	相思	1936
28	나의 戀愛觀	中道的 연애관의 主唱	論斷	1959
29	虎不喫虎	合理的 思考의 중요성	論斷	1960
30	花下禪問答	禪問答의 흥취	善謔	1936
31	옷 哲學	儉朴한 생활	處身	1959
32	꽉찬 설합	忍耐心의 중요성	處身	1959
33	五味子 몇알	신중한 처신	處身	1959
34	孔子와 顔回	正直의 美德	處身	1959
35	九曲珠 이야기	他人에 대한 畏敬	處身	1959
36	기술의 修鍊	義理의 소중함	處身	1959
37	漢字 문제	國漢文 混用을 주장함	論斷	1959
38	'그녀'辯	三人稱 대명사에 대한 주장	論斷	1959
39	姓名 說	漢字式 성명의 不合理性	論斷	1959
40	化子	女性名'子'의 不當性	論斷	1959
41	記憶術	閑談	善謔	1959
42	倒綴語	閑談	善謔	1959
43	誤字·誤讀	閑談	善謔	1959

順次	題　目	主　　題	內 容	創作年度
44	prof. Eye-English	閑談	善謔	1959
45	새 女性美	男性化된 新世代 女性	論斷	1959
46	여성 · 살림 · 수다	여성 禮讚	稱頌	1959
47	女性語	女性語 예찬	稱頌	1958
48	女丈夫傳	女人의 勇氣	稱頌	1958
49	'善人' 說	善人國을 기대함	論斷	1958
50	昨年의 노루	퇴보적 국민 思考를 비판함	論斷	1959
51	상투說	思想의 과도기적 혼란을 극복하자	論斷	1959
52	유성기	後進國의 妄想	論斷	1959
53	軟嚴의 地轉說	東洋人의 비과학적 思考	論斷	1959
54	親子井	日本人의 野卑함	論斷	1959
55	벚꽃놀이	眞實 파악의 중요성	論斷	1959
56	土亭秘訣	迷信 打破	論斷	1959
57	迷信	迷信으로 因한 후진국의 落後性	論斷	1959
58	A子틀	지게에 대한 斷想	閑談	1959
59	歷史	역사인식 발상 전환의 중요성	論斷	1959

(2001. 8)

後 記

<세초(洗草)>(1991年)라는 소품(小品)이 세상에 볕을 쬔 지 꼭 十년(年)이 지났다. 흔히들 하는 말로 "강산(江山)도 변(變)한다."는 장구(長久)한 세월(歲月)이었다.

애초부터 '문필(文筆)'로써 공업(功業)을 도(賭)할 생각은 없었지만, 그래도 명색(名色)이 문학(文學) 연구(硏究)를 '업(業)'으로 삼아 온 사람이 변변한 글 한 줄 제대로 쓰지 못한 채 그 기나긴 광음(光陰)을 허송(虛送)해 버렸다는 것은, 아무리 생각해도 겸연(慊然)쩍은 일이 아닐 수 없다. "노력(努力)하고 있는 한(限) 인간(人間)은 방황(彷徨)한다."고 한 Goethe의 말로나 위안(慰安)을 삼을 수밖에.

> 벽에 금이 날로 높고 철마다 옷이 짧아,
> 크는 것만 좋아하고 늙는 줄은 모르시다,
> 오늘에 백발(白髮)을 만지시며 속절없이 하시네.
>
> —조운(曺雲) : '어머니 회갑(回甲)에'

"세월(歲月)은 사람을 기다려 주지 않는다.(歲月不待人)"던가.

나도 어느 덧 그 '속절없어 하는 나이'에 이르게 되었다. 싸리꽃이 탐스럽게 핀 양지(陽地)바른 언덕에 누워 콧노래 한 번 제대로 불러 보지 못하고 하마 '인생(人生)의 등성마루'에 오르게 되다니—.

창(窓) 밖에는 한밤중 소록소록 눈이 내리고 있다. 문자(文字) 그대로 이 '풍진(風塵) 세상(世上)'을 덮어 주려는 것일까?

이 길로 자꾸 가면 옛날로 돌아나 갈 듯이
등불이 정다웁다.
내리는 눈발이 속삭어린다
옛날로 가자 옛날로 가자.

—김광균(金光均) : '장곡 천장에 오는 눈'

"글은 가슴으로 쓰는 것도 있고, 머리로 쓰는 것도 있다." 이것은 Matthew Arnold가 남긴 유명(有名)한 말이다.

'소리나는 꽹과리'와 '울리는 북'이 난무(亂舞)하는 세태(世態) 속에서 '낙양(洛陽)의 종이 값'을 내리는 일에 나도 덩달아 나서야 하는 것인지, 자꾸 망설여진다.

辛巳年 除夜

著 者

고향의 봄

초판 1쇄 2002년 4월 2일 / 발행일 2002년 4월 15일 / 지은이 이동철 / 펴낸이 김태범 / 펴낸곳 새미 / 등록일 1994. 3.10 제17-271 / 편집 송명진 · 정은경 · 박애경 / 총무 김태범 · 박아름 · 황충기 / 마케팅 정찬용 · 이충섭 · 한창남 · 김상진 / 인쇄 박유복 · 정명학 · 한미애 / 인터넷 이순주 · 황현덕 / 홍보 정구형 · 박주화 / 물류 정근용

주소 서울시 강동구 암사 4동 452-20 럭키빌딩 301호

www.kookhak.co.kr E-mail : kookhak@orgio.net
ISBN 89-5628-001-0, 03810 가격 8,000원

· 저자와의 협의하에 인지 생략합니다.
· 새미는 국학자료원의 자매회사입니다.